鶏小説集

坂木 司

角川文庫
22210

Contents

1
Tender
4
Wing
Tip
5
Breast
Wing Stick
Tail
2
Thigh
3
トリとチキン

どん、と窓が揺れる。そとは青空。そしてさらにどんどんどん、という連続的な揺れ。これは『今日、花火大会をやります』ということを知らせる空砲。

「……うっるせーな」

小さい頃は無邪気に喜んで聞いていたこの音も、今はただの騒音。窓から目をそらすと、俺は黙ってヘッドフォンを装着する。

毎年八月の最初に、家の近所の川べりで開催される花火大会。全国規模じゃないけど、そこそこ有名で、人も多く集まる。けれど俺は、行かない。行く理由がないからだ。

「また今年も行かないのー？」

母親に浴衣の帯を締めてもらいながら、妹が半笑いで振り返る。

「別にさあ、友達と行けばいいじゃん」

「うるせえよ」

「カノジョと一緒じゃなきゃ駄目、なんて決まってるわけじゃないし」

「マジうるせえ。お前だって、どうせ友達と喋《しゃべ》り倒してくるだけのくせに」

俺が言うと、妹はふふんと得意気に笑う。

「残念でしたあ。今年は何と、彼氏と一緒でーす」

「はあ？」

いつの間にそんなことになってんだよ。俺はつい、妹をまじまじと見てしまう。まあ、別にブサイクなわけじゃないから、いつかこういうこともあるだろうなとは思っていたけど。でも、正直早くないか。だってこいつ、まだ中三だぞ。

「こないだつきあってほしいって言われたんだ。んで、今日が初めてのイベントデート」

「いいわよねえ。お母さんも昔、そういうデートしたわあ」

「え。それ、お父さんと？」

「なわけないでしょ。何十年も昔のことだもの」

それに初恋は実らないってよく言うでしょ。母親は声を上げて笑った。

つか、母親の過去とか、聞きたくねえし。興味ねえし。

「まあでも、気をつけなさいよ。一応、夜なんだし」

「なにそれ」

妹の声が、きゅっと尖《とが》る。彼氏を侮辱するなという表情。ちょいざまあ。

「だよなあ。どういう相手だって、男は男だからな。用心するに越したことはないぞ。防犯ブザー持ってくか？」

「いらない！　りゅうくんはそんな子じゃないもん」

りゅうくんねえ。笑える。

しかし母親は、俺の意見にうなずく。

「そうよ、美咲《みさき》。防犯ブザー、通学カバンについてるでしょ。あれ、帯につけときなさい」

「やだ、お母さんまでなに言ってんの？　りゅうくんのこと、知りもしないくせに！」

お前だって告白されたばっかりで、相手のこと知らねえだろ。心の中で突っ込んでいると、母親が笑いながら言った。

「りゅうくんていうのね」

「え、あ、うん――」

「ところで美咲、防犯ブザーはりゅうくんに向かって使うものじゃないわよ」

それはどういうことだ。俺は当の美咲と同じように首を傾《かし》げる。すると母親が、俺の方を見た。

「春紀《はるき》。あんた、目の前に中学生のカップルが楽しそうに歩いてたら、どう思う？」

「ええ？　うーん、まあ、ムカつくかな」

「ひどーい」

「でも、そういう人は多いでしょ。それに最近、カップルごと被害に遭うって事件が続いてるじゃない」

確かに、つい昨日もそんなニュースをやっていた気がする。

「カップルで、しかも年齢が若かったら、襲われやすいと思うの。だから防犯ブザーは、二人のためにもつけていってちょうだい」

そう言われて、美咲はしぶしぶ帯の辺りにブザーを隠す。

「はい、これでできあがり」

帯をぽんと叩《たた》いて、母親は美咲から少し離れた。

「うん、ちゃんとできたわ。可愛《かわい》い」

「ありがと、お母さん」

ザ・ホームドラマ的な光景。きゃっきゃうふふ的な。俺、存在する意味感じず。

階段を上《のぼ》ろうとしたところで、呼び止められる。

「春紀は、ホントに花火行かないの？」

「あのさ」

俺は二人を見下ろす状態で、わざとらしく大きなため息をついた。

「一応、俺、受験生じゃね？」

高三の夏。ランクすれすれ。カノジョなし。なんていうかもう、これ以上ないほどの手詰まり感。

「こういう状態で、遊びに行けって？　つか、受験生の親として、そこんとこはいいわけ？」

俺の言葉に、母親は小さくつぶやく。

「それはわかってるけど、たった一日だし——？」

いやいや、それ普通、こっち側の台詞《せりふ》だろ。

「——あんた、毎年、行ってるでしょ」

「行ってねーよ！」

「知ってるわよ！」

かん、と打ち返されて俺はちょっとビビる。

「だから、花火には行かなくても、レンくんと毎年この日に遊びに行ってるでしょ、って言ってるの」

「そういえば、あたし最近レンくんに会ってないなあ。元気？」

美咲が割り込んでくる。こいつの辞書に『遠慮』という言葉はない。

「知らねーよ」

「今でも焼き鳥好きなの？」

「知らねーって言ってんだろ！」

強く言い切ったところで、まずった、と思った。母親と妹は、つかの間ぽかんとした表情を浮かべた後、二人して笑い出す。

「ケンカね」

「だよねえ、ケンカ」

もう、こういうところが本当に嫌だ。うちの女たちのおかげで、俺は一生彼女なんて作れないんじゃないかと思う。

「仲直りの電話かけて、会えば？」

「そうよ、せっかく年に一度の日なんだし」

「マジうるせえんだよ！」

仲直り、ってガキかよ。バカにするのもいい加減にしろ。じろりと睨《にら》みつけると、母親はぽんと手を叩く。

「あ、言い忘れてた」

「は？」

「お母さん、近所のお友達の家で一緒に花火見てくるから、もうすぐ出るわ。夜ごはんは、自分でなんとかしてね」

あっそ。背を向けた俺に、母親はたたみかけた。

「お父さんも、仕事が終わり次第合流する予定だから。もし仲間に入れてほしいなら、電話して頂戴」

――するかっつーの!!

＊

つまらない気持ちのまま、部屋に戻る。

机に向かい、ペンを持ってみるものの、勉強をする気持ちになれない。なんとなくパソコンの電源を入れ、いつものサイトをめぐってみる。つまらない。レンはもともと、塾友《じゅくとも》だった。

小学生の頃、中学受験という名目で入れられた、近所の塾。俺は勉強が得意じゃなかったから、最初はそこに行くことがつらかった。それで母親に「やめたい」と訴えたが、「せめてひと月だけでも」と言われ、仕方なく通うことになった。

学校から帰って宿題をして、その後はゲームでもしながらのんびりするはずだった時間。なんなら風呂《ふろ》に入ってから、ジュース飲んでテレビ見てる時間。そんな至福の時間を、何が楽しくて勉強のオプションにあてなきゃならないのか。

「ひと月経《た》ったら、絶対やめてやる」

無意味な決意を胸に、俺はしぶしぶ塾に通った。

しかし、そんな俺の決意は、ある日簡単に揺らいだ。夕食の買い食いが許されたのだ。

「家で食べていくには早いし、帰ってからじゃ遅いものね」

そう言って、母親は五百円玉を差し出した。その輝き。俺は、目を疑った。ねだっても買ってもらえなかったコンビニのチキンやフランクフルト、ポテトにおでん。母親に断られ続けた、レジ前の誘惑。

「こんなの家で作れるでしょ。ていうか、出してるし」

わかってるけど、そうじゃない。ここの「これ」が食べたいんだ。ケースの中で黄色っぽいライトを浴びて、てかてかに輝く「これ」じゃなきゃダメなんだ。そう訴え続けた、「これ」らが食べ放題になる。そう考えると、もういてもたってもいられなかった。

「ねえ、お弁当作ってもいいのよ」

そんな母親の言葉に、俺は笑顔で首を横に振った。

「いいよ。友達はみんな、弁当じゃないから」

　これは半分本当で、半分嘘《うそ》。弁当派は女子が多いから、男子はコンビニ派。これは本当。けどその男子はほとんど友達じゃない。同じ学校の奴《やつ》はいたみたいだけど、学年が違うとか、一度も喋ったことがないとかで、ほぼ他人。つまり、ただの顔見知り。これが嘘。ただ、その「顔見知り」は、友達よりも心地よかった。これは、塾に通いはじめてから、一番の発見だったかもしれない。

「顔見知り」同士は、昼間のクラスのことも、友達関係も知らない。情報が少なすぎてケンカする気にもなれないから、全体的に空気がまったりのんびりしてる。そしてその空気を壊さないように、お互いあえて踏み込まない感じがまたよかった。もし学校や家で嫌なことがあっても、塾近《じゅくちか》のコンビニに行くと、いつでも顔見知りに会える。そして下らない話をしながら、スナックやジュースを買って飲み食いする。俺は別にいじめられたり、家庭に問題があったりしたわけじゃないけど、その時間があったおかげで気持ちが楽になった。

　コンビニでは、それぞれ好みがあって面白かった。毎日必ずおにぎり二個（うち一つは必ずツナマヨ）の奴。ハムサンドばっか買うから、あだ名が「ハム」の奴。家が金持ちなのか、高い弁当ばっか選んで買う奴。

そんな中、レンは焼き鳥だった。毎日、欠かさず、焼き鳥ひと串《くし》。弁当もおにぎりもなく、ただ焼き鳥ひと串。俺はそいつのことを、心の中で「トリ」と名づけていた。

初めて話したのは、店の外でだった。

タイヤ止めの石に腰かけようとしたところで、隣の石に誰かが座っていることに気がついたのだ。それは、いつもひと串のあいつ。

「——それだけで、腹減らねえ？」

声をかけると、そいつはふと顔を上げた。浅黒い顔に、ぎょろりとした目。なんだか、アジアの外国人っぽい感じがした。でもこれは、自分がよく言われる台詞。つまり、俺も色黒なのだ。

「別に。飯は家でがっつり食ってくるから。これはデザートみたいなもん」

言いながら、そいつは俺の手元を見る。

「ああ、お前最近、『あげチキ』ばっか食ってるだろ」

ぎくりとした。

「……よくわかったな」

一応、「ばっかり食べ」は避けてきたつもりだった。栄養の問題はともかく、「ハム」や「トリ」みたいなあだ名はつけられたくなかったから。

でも、あのコンビニの『あげチキ』は絶品だった。揚げ具合、保温状態がよく、いつ食べてもクリスピーで、うまい汁がじゅわっと出る。

「最初の頃は三回に一回。最近は二回に一回だろ。誰でもわかるって」

そんなもんか。俺が軽くうなだれると、トリは笑った。

「いいじゃん。ここじゃあみんな、好きなもんを好きなように食ってるんだし」

「まあな」

それでいじめられるわけでもないし、怒る親もいない。

「自由だよ。ここには自由がある」

トリは両手を広げて、映画に出てくる人みたいに大げさなポーズを作る。俺は、そんなことをする奴を見るのは初めてだった。

「そういうの、恥ずかしくねえの」

言った瞬間、やばいと思う。ケンカを売るつもりはなかった。でも、そう取られてもおかしくない。

けれどトリは、怒らなかった。

「別に。恥ずかしいことなんて、もっと他に山ほどあるだろ」

言いながら、肉のなくなった串を指先でぷらぷらさせる。

大人なのか、それともおだやかな性格なのか。どっちにしろ、ありがたい。そう思った直後、肩を棒で軽く突かれた。見ると、それは串の持ち手の方。

「たとえばさ、初めて喋った相手に『恥ずかしくないのお？』って聞くとか」

くっそ。思いっきりケンカ買ってんじゃん。

俺があいつをトリと呼んでいたように、向こうは俺のことを「チキン」と呼んでいたらしい。

「でもさ、チキンはまずいよな」

トリの言葉に、俺はうなずく。バカな俺でも、それが悪口に使われる響きを持つことは知っていたから。

「チキ、キン――なんか、どっちも呼びにくいな」

「じゃあ、名前でいいだろ。俺はハルキ」

「じゃあハルだな。俺はレン」

そうして、俺たちは話すようになった。

最初の頃は、一週間に三日。受験が近づいてからはほぼ毎日。俺たちはあのコンビニの縁石《えんせき》に腰かけて、トリとチキンを食っていた。

よく、お互い飽きなかったと思う。

レンも俺も。

仲がいい、というのとは少し違った。

好きなものの方向は違うし、見てきたアニメも違う。家は同じ街にあるけど、学区も違えば使うスーパーも違う。似てるのと言えば、見かけだけ。俺たちはどちらも日に焼けていて、目がぎょろりと目立つ。背もお互い、平均に近い。そういえば一度、知らない大人に「兄弟？」と聞かれたこともあった。

でも外見が似てても、仲良くなれるわけじゃない。じゃあなんでそんなに一緒にいたのかというと、それはきっと会話のやり方が似てたからだ。

レンは、喋りかけると外国人みたいに喋る。動きがうるさい。でも、喋りかけなければ黙っている。断っても気にしない。そこが特に、よかった。

「ハル、喋っていい？」

「後で」

これは、学校の友達にはできないことだった。もちろん、逆も同じだ。

「レン、あのさ」

「急ぎ？　急がないなら、今じゃないのがいいな」

レンといると、余計な気をつかう必要がない。言葉の裏に、他の意味がなかったから。

それが心地よくて、つきあいはだらだらと続いた。やがて『夏の追い込み』とかいう地獄のような時期がやってきて、せめてもの息抜きにと俺はレンを初めて家に誘った。花火大会の日だった。

「うち、来ない？」

行かない、という返事も想像できた。でもレンはちょっと考えたあと、首を縦に振った。

「あんま、ひとんち行ったことないんだけど。そんでもいい？」

「いいよ。ていうか気にするとこ、おかしいし」

レンを呼ぼうと思ったのは、その日、家でバーベキューをすることが決まったからだった。

「花火大会の日だし、焼き鳥でも焼く？」

そんな母親の言葉を聞いて、これだ、と思った。

うちは古くて狭いけど、一応一軒家だから庭先で火を使うことができる。そしてその頃はまだ、家の二階に上れば遠くに花火が見えたのだ。

その日、レンはクッキーの詰め合わせと花束を持ってやってきた。

「なんだそれ！」

爆笑する俺に、レンはむっとした顔で「親が持ってけって押しつけたんだ」とつぶやく。けれど笑いまくる俺とは対照的に、妹と母親はそれだけでレンを気に入った。

「うわあ。今まで、お兄ちゃんの友達で、こんなすてきなおみやげを持ってきてくれたひと、いないよね？」

「そうね。お花なんていただくの、久しぶり。素敵な親御さんねえ」

　なんだよそれ。友達の家に花持ってくる奴なんて、面白いだけだろ。そう思いながら肉を焼いていると、今度は父親が嬉《うれ》しそうな声を上げる。

「レンくん、そんなにおいしいかい？」

見ると、父親の作った焼き鳥をレンがすごい勢いで食べている。それも、家族に大不評だった「青汁入りつくね」まで。

「はい、おいしいです。ここにあるものは、なんでもおいしくてびっくりです」

　全員に否定された料理を褒められ、父親はレンのために食材を焼きまくる。肉、野菜、それに怪しい創作料理。それらすべてを、レンはおいしいおいしいと食べまくった。

「お前、好き嫌いとかないの」

思わずたずねると、レンは不思議そうに首をひねる。

「あるよ。でもなんでだろう？　ここで食べると、うまいみたい」

「そうなんだ」

もしかして、バーベキューが初めてなのか？　そう言うと、ぶんぶんとうなずいた。

「あー、そうそう。外でなんか焼いたことって、ないない」

「学童とか、部活とか、キャンプみたいのはなかった？」

「学童？　んー、ないねー。サマーキャンプは行ったことあるけど、プールメインだったかも」

　そんなもんか。俺は無難なモモ肉を齧《かじ》りながら、うなずく。

　結局この日、レンは一人で串ものを三十本近く食った。以来、うちの家族には「花火大会＝レン＝焼き鳥」という刷り込みができあがる。

　そしてその刷り込みのおかげで、俺たちのつきあいは塾通いが終わっても続くことになる。

＊

　中学になると、それぞれに生活が忙しくなる。メールやＬＩＮＥで連絡をとることはできたけど、お互いそういうのは得意じゃなかった。会って、話すのがよかった。字だけじゃ、なんか違う。

　そういうつきあい方だから、自然消滅するもんだと思ってた。

でも、夏になった途端、俺は家族から言われた。

「ねえ、もうすぐ花火大会だけどレンくんは？」

「今年ももちろん、焼き鳥食べるよね？」

「さあて、レンくんのために腕を振るう日が近づいてきたぞ」

お前ら、どんだけレンのこと好きなんだよ。そう思ったものの、まあ、ちょうどいいとも思った。四月の『入学おめでとう会』で会って以来、顔を合わせてはいなかったから。

『そんなら今度は、うちにも来いよ』

レンからのメールは、会話とは逆にそっけなかった。もしかしたら、会わない間に俺のことなんかどうでもよくなったのかな。そんなことを考えていると、画面の最後にこんな文字が現れてくる。

『追伸・もちろん、バーベキューとは違う日でな』

なんだよ。俺はそれを見て、返事を打ち込んだ。

『お前、食う気まんまんじゃね』

レンの家は、うちからそんなに遠くはない。ただ、幹線道路を渡るせいか、同じ街だけど区画が違うっていうか、通りの雰囲気が違った。

うちは、古い家が残ってる地味な住宅街。そしてレンの家は、新しいマンションが立ち並ぶしゃれた通りにあった。

「――すっげ」

こういうのって、なんて言うんだろう。少なくとも、俺の知ってるマンションじゃない。

オートロックまでの知識はあったけど、入ったらそこが共用のリビングっぽくなってるなんて、想像もしなかった。

「金持ちなんだなあ」

俺の言葉に、レンはちょっと嫌そうな顔をする。

「別に俺が金持ちなわけじゃねえよ」

「そりゃそうだけど」

電気が勝手についていて、トイレが勝手に流れる家って金持ちじゃないのか。ていうか、ここは店か。ホテルか。

「いらっしゃい」

でまあ、これが想像通りっていうか、きれいなんだ、レンのお母さん。

なんとなく、うすうすはわかってた。俺たちは似てるけど、レンの着てる服は、俺とは違う。すげえ金かかってる風じゃないけど、なんていうか、さりげなくおしゃれ、みたいな。そういうのって、本当に服に気をつかってないと、できないもんだろうなって。

だってお土産に花持たせるんだぜ？　うちの母親とは、何から何まで違うって。

「あのこれ――」

言いながら、ずっしりと重い紙袋を差し出す。中身はゼリーの詰め合わせと、ヨックモックのクッキー。うち的には、最上級におしゃれな手土産。な、はず。

「まあ、ご丁寧《ていねい》にありがとう」

「それにしても、本当に似てるのね」

レンのお母さんが、俺の顔にぐっと顔を寄せてくる。すっげ、いい匂い。

「なんだか、双子を産んじゃったような気分」

俺は必死で、真顔を保つ。そのとき、レンがぽつりとつぶやいた。

「双子だったら、よかったのにな」

「え？」

「そしたらいつも遊べて、雨が降っても家の中で楽しいだろうな。旅行とかでも、子供だけで遊べて、退屈しないし」

ハルんとことか、そんな感じじゃない？　そう言われて、俺はとっさに首をひねる。

「んー、まあ、低学年の頃はそうだったかも」

でも中学生になった今、小学生の妹と遊ぶことはほとんどない。ていうか、下が女な時点で、無理だ。

「ゲームくらいはできるけどさ、キラキラアニメのやつとかやりたいって言われるし。やっぱ趣味が違うよ」

「そんなもんか」

「そうそう。俺もレンみたいな双子の兄弟がほしかったよ。そしたらサッカーやレース系のゲームができたもんな」

もしも。もしも俺がレンと双子の兄弟で、この家の子だったら。そう考えると、ちょっとうっとりしてしまう。

「兄弟って、いいよな」

「ああ。オトコの兄弟、ほしかったな」

二人でそんなことを言い合っていると、レンのお母さんがぱんと手を叩く。

「ねえ。レンに聞いたんだけど、春紀くんはフライドチキンが好きなのよね？」

「あ、はい」

「私、作ってみたんだけど味見してもらえるかしら」

そう言って、キッチンからいい匂いのする皿を運んできた。

「はい、どうぞ」

おしゃれなリビングにある、低いテーブル。そこに置かれた、高そうな絵柄の大皿。でもその中にあったのは、俺がいつも食べてたあれ。

「これ――あげチキ？」

「ふふ、似てた？　形を真似《まね》してみたのよ」

ちょっと歪《ゆが》んだ長方形で、うすべったいチキン。パン粉よりも細かくついた粉。まさかこれを、作ったなんて。

「すごい。そっくりだ」

奨《すす》められるままに食べると、まず衣が似ていた。カリカリとクリスピーで、上あごに刺さらないいつものあれだ。でも、味は少し違う。あげチキよりもしょっぱくなくて、なんか肉がしっかりしてる。

これはあげチキじゃない。けど、あげチキより上品でうまい。

「おいしいです！」

薄い肉なのに、肉汁がちゃんと出る。しかも噛《か》みごたえがあって、うまい。スパイスっぽい匂いも、何かはわからないけどいい。俺は夢中でチキンを食いまくる。

「気に入ってもらえて、よかった。あげチキ買ってきて、研究したのよ」

「そうなんですか」

わざわざすいません。俺は食いながら頭を下げる。

「じゃあ、ゆっくりしていってね」

レンのお母さんが違う部屋に消えたところで、俺はレンを見た。

「お前のお母さん、すごいな」

「いや。お前の食いっぷりのがすげえ」

「最近、食ってなかったんだよ」

俺が通う中学のそばに、あのコンビニはない。その上、俺の母親は揚げ物が苦手だ。いや、「苦手」じゃなくて「嫌い」だ。台所が汚れるし、油の始末が面倒だって、しょっちゅう言ってる。だから我が家で揚げ物と言えば、買ってきたものを指す。

「つかさあ、感動するよ。わざわざこんなん作ってくれて」

「だってほら、お前んちで俺、さんざん食っちゃったし」

お返し、みたいなもんだよ。そう言われて、俺はうなずく。

「トリにはトリを、か」

それじゃ仕返しだろ、とレンは笑った。

レンの家には、新しいゲームのソフトがたくさんあった。うちより大きな画面のテレビも、タブレットでさえ使い放題。なんだここは。天国か。

「いいよなあ、お前んち」

「なに言ってんだ」

「だってお母さんめっちゃきれいじゃん。料理もうまいし、ゲーム環境最高だし」

俺がしみじみつぶやくと、レンはなぜか強固に反論した。

「そんなことない。お前んちの方が、最高だ」

「ええ!?　なんだそれ。うちのどこがいいんだよ」

レンの家よりいいところなんて、ない。母親はそこそこおばさんなのに、料理がうまいわけでもない。テレビ画面のサイズは小さくはないけど、全員で共有だから、ゲームだけに使える時間は短い。

あ、一軒家ってのはいいとこか。でも、新築じゃないから、あちこち汚いぞ。

「庭があって、二階があって、それと――兄妹《きょうだい》がいる」

「だから妹は意味ないって」

「そこじゃねえよ。誰か――誰か自分以外に、もう一人いるってのがいいんだって」

「なんだそれ。意味わかんねえよ」

初めての言い合いだった。そこまで突っ込むことを、お互いなんとなく避けていたから。

けれど、レンは退《ひ》かなかった。

「ここは犬とか飼えないし、何より親が反対してるし」

「ならハムスターとか魚でも飼えば」

「だから違うんだって！　そういうちっさいのじゃなくて、大型犬みたいに『いる』って感じのやつがいいんだ。ケーキとか切るとき、思わず頭数《あたまかず》に入れたくなるみたいな」

　そのときの俺には、レンの言いたいことがこれっぽっちもわからなかった。でも、なにかすごく必死に訴えてるってことだけはわかった。

「よくわかんないけど……」

　俺はこれ以上レンと言い合いをしたくなかったので、言葉を選びながら喋った。

「よくわかんないけど、うちがいいなら、いつでも来いよ」

　レンは、ちょっと嬉しそうで、でもそうでもないような、おかしな表情をした。

　それから数時間過ごし、いいかげん暗くなった頃、家に帰った。ケンカ別れをしたわけじゃないけど、なんだかおかしな気分だった。

　友達の家に行ったことは、何度もある。でもその家は、レンのとこみたいじゃなかった。うちと同じような古い一軒家や、古めのマンション。狭いとこだと、家族と部屋の数が合ってない団地ってのもあった。

　でも、この違和感は貧乏とか金持ちとか、家が狭いとか広いとか、そういうのじゃない。強いて言うなら、おしゃれかどうかだ。

　レンの家に慣れた目で、自分の家を見たら驚いた。まず暗い。レンの家みたいにあちこちに照明がないから、部屋や廊下の隅が暗い。ていうか、すすけて見える。

　それからトイレや風呂。自動で電気がつけとまでは思わないけど、機能ボタンの少なさが目立つ。もちろんリビングに座り心地のいい敷物なんてないし、ソファーはスプリングがいかれてる。

「あのさ。ソファー、いいかげん新しくしたら？」

　ふとつぶやいたら、母親がすごい勢いで言い返してきた。

「なに言ってんの。これ、春紀が産まれてから三台目なのよ？」

「え」

「最初のはあんたが大きいの漏らして駄目にして、次のはあんたと美咲が飛び跳ねて駄目にして。それでもう三台目！　それを、また？」

　なんだよそれ。記憶のない頃のこと言われても困るし。

　ていうか、なんかやっぱ、ばばあだよな。まあ年齢はしょうがないけど、もうちょっと家の中でもきれいにしてればいいのに。適当なジーンズばっか穿《は》いてると、いいかげん男か女か忘れそうになる。

「お兄ちゃん、しないならこっちに貸してよ！」

立ち尽くす俺の手から、美咲がゲームのコントローラーをむしり取っていく。

ああもう、これのどこが最高なんだよ。

＊

「いつでも来いよ」とは言ったものの、言葉通りレンがしょっちゅううちに来るってことはなかった。でも、なんとなく距離が縮まったような気はする。そのせいなのか、レンと俺はメールでも会話するようになった。

それで知ったこと。レンは野球よりサッカー派（俺は野球）。麺《めん》ならラーメン（俺はスパゲティ）。ユニフォーム以外のゴムパンは好きじゃない（俺はジャージ大好き。ジャージでどこまでも行ける）。で、鶏なら焼き鳥（だよね）。

共通の話題は多くないけど、知ってることが増えれば話は続く。レンと俺は『なんとなくヒマ』とか『あげチキ食いたい』とかそんな理由で、ぽつぽつと待ち合わせた。場所は、例のコンビニ。

なぜだか互いの家には、行かなかった。

いつ途切れてもおかしくない、か細いつながり。でもなんとなく、それとなく、つきあいは続いた。

　そしてレンと知り合ってから、二回目の花火大会の日。

　またしてもレンは、花を片手に持ってきた。母親と妹はそれを見て「王子様みたい」と盛り上がる。そしてレンは、父親の期待に応《こた》えるように、バーベキューをむさぼり食った。

　何度も言うけど、我が家の料理レベルは高くない。特にまずいわけじゃないけど、そんな風に食うほどうまいとも思えない。なのに、レンは食う。鶏の正肉《せいにく》、ネギマ、つくね（怪しい混ぜ物入り）、ササミ。

「今年はつくねに、オレンジの皮を混ぜてみたんだよ」

肉に果物って取り合わせ、外国っぽくない？　そう言って父親の差し出す串を、レンはほっぺたを食べ物で一杯にしたまま受け取る。

「どれも、おいしいです！」

　お世辞はいいよ。喉元《のどもと》まで出かかった言葉を、俺は焼きすぎてかちかちになった肉と共に呑《の》み込む。

　なんかもう、すべてが恥ずかしい。

　レンの家を見てしまったからだろうか。今まで自分の家や家族のことを、こんな風に思ったことはなかった。でも、ダメだ。恥ずかしい。見ていられない。

レンにはしゃぐ母親は、年を考えろって感じでキモい。

妹は、「王子様」とか言ってて話にならない。そりゃあレンはおしゃれだけど、見た目は俺と似てるはずだ。それを知ってて、よく言えたもんだ。

父親は、うまいものを食って育った相手に「外国っぽくない？」がもうアウト中のアウト。

そしてバーベキューという名の「なんでも焼き」。これが一番恥ずかしい。外国っぽくするなら、串に刺すとかメニューを統一するとかすればいいのに、なんかもうぐちゃぐちゃ。

牛肉は市販の焼肉のタレの味で、焼き鳥は直火が強すぎて固い。特売のウインナーに、焼け焦げた野菜。ガキの頃は俺もだまされてたけど、もう無理だ。

なのに、レンは顔一杯で笑う。

やめてくれ。なんの罰ゲームだよ。

「あ、今年はね、デザートもあるのよ」

そう言って母親が取り出したのは、マシュマロの大袋。

うん、知ってる。それ、夏にすげー向かない。

「わあ、おしゃれ！」

妹のはしゃいだ声が、もうなんかやだ。

「こうやって串に刺して」

だからそれ、串じゃなくて割り箸《ばし》だから。

「キャンプっぽいなあ」

つかうち、キャンプとか行ったことないし。「虫嫌い」「面倒くさい」「休み寝てたい」の全会一致で、キャンプ毎回却下されてるじゃん。つまんねえ温泉旅行ばっかじゃん。デザート、まんじゅうがお似合いだっての。

なのにレンは、わくわくした表情でマシュマロを割り箸に刺しまくる。それも、妹のぶんまで。

「おいしいね！」

まるでこっちがホントの兄妹みたいに、笑いあって。

だからマジで、なんの罰ゲームなんだって。


レンが帰ったあと、俺は心の中で誓った。

もう、来年はうちで花火なんか見るもんか。

そして次の年、俺の願いは意外な形でかなった。

花火が、見えなくなったのだ。

*

「ホント残念よねえ」

母親の声を背に、俺は二階の窓から身を乗り出す。会場の河原が見えない。首の角度を変えてみても、どうやっても見えない。

「もう、あのマンション、ほんと邪魔！」

同じように身を乗り出した美咲が、頬を膨らませる。

今年のはじめ、花火大会をやっている街が再開発された。そして新しいマンションがいくつも建設され、そのうちの一つが、ちょうどうちと花火の間に入ってしまったのだ。

もともと、遠くに小さく見えていただけの花火。でもこれで、完全終了。

「……まあ、一番大きい打ち上げの端くらいは、見えるかもしれないけど」

「それ、花火見たって言えるレベル？」

だよな。けど、母親は納得しなかった。

「んもう、これじゃレンくんに悪いわ」

「は？」

「だってレンくん、毎年うちでバーベキュー食べながら花火見るの、楽しみにしてくれてるんでしょ？　なのに花火が見えないなんて」

「だよねえ。だったら、バーベキューのお肉、増やす？　デザートも？」

だからさ。なんでレンがその日家《うち》に来る前提で話してんだよ。

「……花火が見えないんだから、その日にバーベキューする意味、なくない？」

俺が反論すると、母親は不思議そうな顔をする。

「あら、でも音はするし、臨場感は変わらないからいいんじゃない？」

「そういう問題じゃなくて。花火が見えない家に、来たいかどうかわかんないだろ」

そこまで言って、ようやく母親と妹は黙った。だからさ。

しかし、それでもレンは来たいと言った。信じられないことに。

「ウソだろ」

例のコンビニであげチキをかじりながら、俺は聞き返す。

「え。だって楽しいし」

「いや、俺は楽しくない。むしろなんか居心地悪い。お前の家の方が、よっぽど居心地いいって」

そう言うと、レンはちょっと考え事をするようにうつむいた。

「――家に電話してもいい？」

「え？　あ、うん」

用事でも思い出したのかな。傍らで待っていると、レンは電話に向かってこう言った。

「あのさ、花火大会の日、俺とハル、入れ替わってみたいんだけど」

入れ替わる。

その言葉の意味が、最初はわからなかった。

うなずきながら電話を切ったレンに向かって、俺はたずねる。

「入れ替わる、って？」

「ああ、うん。そのまんま。俺がハルの家に行って、ハルが俺の家に行く。それだけ」

「ああ、それだけ――」

うなずきかけた頭を、疑問が押しとどめる。

「――ん？」

俺が、レンの家に行く。それはいい。けども。

「……一人で？」

「そりゃそうだろ。俺はハルの家でバーベキュー食うんだから」

「え。いや、だってレンのお母さんは」

「いいってさ」

「え？」

「だから、うちはいいってさ」

ハルも電話しろよ。そう言われて、俺はうろたえながらも電話を取り出す。すでにもう、嫌な予感しかしない。

『ええっ!? レンくんが一人で？ やだ、どうしましょ』

一も二もなく、同意だった。そりゃそうだ。母親と妹は、「王子様」が来るのを楽しみにしてたんだから。

レンはいい。うちに来たいって気持ちと、来てほしいって気持ちが一致してるんだから。でも、俺はどうだ。

「……迷惑じゃね？」

「そうかな」

行くのが嫌なわけじゃない。きれいなお母さんにおいしいもの食べさせてもらって、一日のんびりできるなんて最高だ。でも、向こうはどう思うか。

顔は似てるけど、自分の息子より下品で育ちの悪い友達。でも、息子のために受け入れるしかない。

「――迷惑じゃん！」

つうかこれ、悲劇だし。がっくりとうなだれる俺の肩を、レンが軽く叩く。

「母親から、ＬＩＮＥ来たんだけど」

おそるおそるスマホの画面を覗《のぞ》き込むと、そこにはハートマークつきで『ハルくんのために、フライドチキンプレート作っちゃおう。楽しみ！』と書いてあった。レンはその下に『よろしく』とだけ返信する。

決めた。俺はこれからその日まで、そのフライドチキンだけを頼りに生きてゆく。

仲のいい友達なら断れた。いつも学校で会ってて、休みの日にも遊びに行くような奴相手なら。

でも、年に数えるほどしか会わなくて、すごい勢いで俺の家を「好き」っていう奴は、断れなかった。

断ったら、なんかひどい気がして。

＊

どん、と空砲の音が聞こえる。

入れ替わる、なんて大げさに言うことはない。要はレンの家に行って、夕食を食べさせてもらうだけのことだ。

「んじゃ、楽しんでな」

レンはそう言って、俺の家のインターフォンを押した。

俺と同じ背恰好《かっこう》。そいつが母親と妹に笑顔で迎え入れられるのを、俺は少し離れた場所から見ていた。

同じような顔なのに、なんでそんなに嬉しそうなんだよ。だったら俺にももっと優しくしろっての。そんなことを考えていたら、やがてドアがぱたりと閉まった。

その瞬間、なぜか頭にこんな言葉が浮かんだ。

二つは、いらない。

同じような見た目。でも頭はレンの方がいい。言ったら、レンは俺の上位互換だ。

てことは、まあ、誰だってそっちの方がいいに決まってる。

(なんてね)

マンガじゃあるまいし。そんな簡単に「いい方」を選べたら、今頃世界は大混乱だろ。ていうか、もしそういう流れだったら、レンの家は思いっきりハズレを引いてるわけで。

(――帰ろうかな)

レンの家があるマンションに着き、俺はエントランスで悩んでいた。このまま入らず、ゲーセンにでも行って時間を潰《つぶ》そうか。それとも仲のいい友達を呼び出して、カラオケにでも行くとか。

同じ顔をしたハズレだけを相手にしなきゃならないなんて、レンのお母さんに悪い気がする。でも、行くと言っておいてドタキャンってのもなんだかなあ。

悩みながらエントランスに立ち尽くしていると、何か動くものが目に入った。防犯用の監視カメラ。高級マンションだし、そういうものはあって当然。わかってはいても、どきりとした。

ここで帰ったら、バレる。いや、別に住人は監視カメラの画像なんて見ないんだろうけど。でも、やっぱり後ろめたい。

しょうがないので、インターフォンのボタンを押す。すると、いきなり男の声が聞こえてきた。

『春紀くんだね？　どうぞ！』

うわ、こっち見えてんのかよ。じゃなくて、これ、誰だ？　じゃなくて、レンのお父さんに決まってるじゃん。でも、今までいたことなかったから、想像してなかった。

ていうか、どうすりゃいい？

予想の斜め上、っていうのはこういうことを言うんだろうか。

「息子とキャッチボールするのが、夢だったんだよ」

上機嫌のお父さんは、俺に向かってボールを投げる。

「ごめんね、つきあわせちゃって」

「いえ、全然」

むしろ俺的には、気まずくなくていい。近所の道路で向かい合った俺たちは、どこからどう見ても休日の親子だろう。

「実は俺も、父――とキャッチボールをしたことがないんです」

ぱしん。グローブに心地いい感触。

「そうなんだ。お父さんは、違うスポーツを？」

「いえ、運動音痴で。スポーツはどれも観《み》るだけです」

ぱすん。やさしい球を投げてくれているのがわかる。キャッチボールは、それだけで会話だ。性格が出る。

「はは。じゃあお互い、よかったってことか」

「はい」

話してて、すごく自然。父親とは大違いだ。

「ハルくんは、あげチキが好きなんだってね」

「あ……はい」

「実は僕もあれ、好きなんだよね。でもレンは揚げ物がそんなに好きじゃなくってね」

そういえば、揚げ物より焼いた物が好きって言ってたな。だから焼き鳥やバーベキューにこだわるんだろう。

「今日は、たくさん食べよう」

「はい！」

キャッチボールがうまくいったせいか、会話も続いた。正直、俺は父親くらいの年の人と、こんなに長く話したことはない。話せる自信もない。でも、レンのお父さんは違った。

話してて、すげえ楽。野球という共通の趣味があるだけじゃなく、会話のペースが年上の人とは思えない。

その後、花火の音を聞きながらエアコンの効いたきれいな部屋で夕食。山盛りのあげチキ風フライドチキンに、おしゃれなサラダ。主食はレンから聞いていたのか、スパゲティを出してくれた。それもニンニクのきいた、ペペロンチーノ。これはもう、スパゲティって言っちゃダメだ。パスタだ。うちで出てくる、茹《ゆ》でた麺にミートソースをどろりとかけただけのものとはレベルが違う。

やっぱこっちの方がいいじゃん。俺は心の中でつぶやく。

「ハルくん。花火、見られなくってごめんね」

レンのお母さんに言われて、俺は首を横に振った。

「どうせ、うちでももう、見えなくなってたんです」

「そうなの？」

じゃあ、せっかくだから。そう言って、レンのお母さんはテレビをつけた。

「ケーブルテレビのチャンネルで、花火大会の中継をやってるのよ」

へえ。そんなの初めて知った。ていうかうちは、ケーブルテレビに入ってないから、知る機会もなかったんだけど。

「音だけ聞こえるから、ヘンな感じだな」

ビールを飲みながら、レンのお父さんが笑う。確かに、どん、どんという振動が身体《からだ》に響く。なのに画面の中の花火は、妙に静かに見えた。

「――高校生になったら、彼女と行ったりするのかしらね」

「えっ⁉」

急にどきりとする話題を振られて、俺は言葉に詰まる。

「まあ、デートぐらいするだろ」

「大学生になったら、家を出るかもしれないし。そう考えると、こうやって一緒に花火を見る機会は、もうあとちょっとしかないのかもしれないわね」

レンのお母さんは、寂しそうな表情でテレビの画面を見た。

「大丈夫、ですよ。きっと」

元気づけてあげたかったけど、うまいこと言えない。こういうとき、レンだったらなんて返すんだろう。

「ありがとう。春紀くんは、優しいのね」

「そうだな。レンはいつも『そうだね』としか言わないもんな」

「へえ、そうなんですか」

外にいるときは、喋る方なのに。

「そうよ。高校生になったら、部活ばっかりで家に帰ってこなくなるのかしらねって言ったら『そうだね』、それともアルバイトしたり？　って言っても『そうだね』。――

何を言っても、スルーされてるみたいで」

返事が面倒だったのかな。ちらりとそんなことを思う。だってなんていうか、質問がどれも答えにくい。

「寂しいよなあ」

「そう。話を聞いてくれてないみたいで、寂しいわ。でも春紀くんは、ちゃんと聞いてくれる」

にっこりと微笑《ほほえ》まれて、俺はどうしたらいいのかわからなくなる。これは、うちとは違う種類のいたたまれなさだ。

「で、春紀くんはどうなんだい。将来の夢とか、なりたいものとかは」

「え」

あって当然、という感じで言われて俺は怯《ひる》む。どうしよう。そんなの、小学校の授業で聞かれて以来、真面目に考えたことはなかった。うちの親も聞かないし。

「進路は、もう決まってるの？」

なんにも決まってない。とりあえず中高一貫だから自動的に上に進んで、後はそのとき考えればいいやと思っていた。

「ああ、なら大学は受験だね。何か目指す学部とかはあるのかい？」

「いえ。まだ、何がやりたいとかわからなくて」

「そうよね。まだ早いわよね。じゃあ野球を頑張るの？」

いや、まったくそんなつもりはない。だって俺は野球が好きだけど、甲子園《こうしえん》に行きたいとかプロになりたいと考えてるわけじゃないから。

「そういう感じでも、ないんです——」

なんか、すいません。俺がつぶやくと、二人は慌てて言った。

「そんな、こっちこそぶしつけに聞いちゃってごめん！　春紀くんが将来、どんな大人になるのかなあ、とか考えてたら楽しくなっちゃって」

「ホント、ごめんなさい。詮索《せんさく》するみたいになって、嫌よね」

優しいな。二人の大人が、俺のことを一生懸命考えてくれているのがわかる。

やっぱり、レンは幸せ者だ。こんな両親の間で育つなんて。

食後はアイス食べて、レンのお父さんと一緒にゲームやって、お開き。レンがうちを出るって連絡が来たところで、家を出た。

「途中まで送っていこうか」

そう言ってくれたけど、もう子供じゃないし、断った。

「今日は楽しかったよ。なんだか、夢の息子と過ごしたみたいだ」

「夢？」

「野球が好きで、一緒にキャッチボールをしてくれる、揚げ物好きの息子。春紀くんは、僕の夢の息子だよ」

「……ありがとうございます」

そう言ってもらえるのは、お世辞でも嬉しい。でもなんていうか、かゆい。じゃなくて、こそばゆい。悪い意味じゃないけど、なんか笑いたくなるっていうか。

こういうの、レンは真顔で聞いてるんだろうか。

＊

レンのマンションとうちの、ちょうど中間くらいで俺たちは出会った。

「おう」

「お疲れ」

向かい合って、片手を上げる。ちょっと鏡みたいだな、と思う。

「どうだった」

「最高だったよ。おいしくて楽しくて。あんな家に生まれたレンがうらやましい」

レンはふうん、とつまらなそうに言った。

「お前は？　焼き鳥うまかった？」

聞き返すと、表情がぐるりと変わる。

「もちろん。すげえうまかった。お父さん、すごい勢いで焼いてくれたよ。もう、腹パンパン」

なのにデザートの焼きバナナまで食ってさ。美咲ちゃんとゲームして、負けまくった。アイドル目指すのって、難しいんだな。

すんごい笑顔。そして、お喋りが止まらない。

「お母さんもサイコーだよな。俺、ああいうざっくりした料理大好きだよ。料理に凝りすぎないぶん、相手と話してくれる感じ」

「え――うん」

母親の料理は、ざっくりというより手抜きに近い。茹でただけ、煮ただけ、焼いただけというものが多い。そして確かに、手を動かしながらよく喋っている。

「あと、美咲ちゃん。俺さ、妹ってあんなに可愛いもんだと思わなかったよ」

「はあ？　あれのどこが可愛いんだよ」

「可愛いだろ。すっごく笑ってくれて、くっだらないギャグでも返してくれて、ゲームで負けると涙目で。顔がさ、くるくる変わるんだよ。見てて飽きない」

確かに美咲は負けず嫌いで、小さい頃はじゃんけんですら負けたら泣いていた。そういうのが、俺は最高にうざかったんだけど。

「俺——美咲ちゃんと結婚したいな」

レンの言葉に、俺は持っていた荷物を落としそうになった。

「なんだそれえ!?」

「いや、なんていうか、ハルんちっていいじゃん。それに俺、美咲ちゃん好きだし、だったら結婚したら、みんなと一緒に暮らせるのかなって」

なんだろう。「好き」って気持ちは、悪いことじゃない。ていうか、自分の家族を好きだって言ってもらうのって、たぶんいいことのはずなんだけど。

でもどこかが、ちりりと焦げた。

「一緒って……俺もいるんだけど」

上位互換。同じ顔で、よりいい方。トリとチキン。

レンの表情は、陰になって見えにくい。

「いいじゃん。毎日遊べるし」

声は明るい。でも、やっぱり何かが気にかかる。聞いてしまおうか。聞かないでいるべきか。いや、聞くなら今か。

「——あのさ、レンって、自分の家が苦手だったりするわけ」

ちりりちりり。端っこから焼けてゆく音が聞こえる。

「なんで?」

「なんで、って」

そうとしか思えないし。俺がつぶやくと、レンは軽く首を振った。

「ハルは、なんだかんだ言っても、自分の家が好きだろ」

「好き、っていうか」

「帰るとほっとして、他と取り替えたいとかは思わないだろ」

「いや……」

好きなんて、言えない。でも、親や妹を失うなんて、そもそも考えてみたこともなかった。

「普通、そうだよ」

陰になったままの、顔。

焦げて焦げて、炭になってしまったような、黒。

「じゃあな」

すっと俺の横を通り抜けて、レンは帰っていった。

夜の空気はほのかに、火薬の匂いがした。

＊

それからしばらく、レンとは連絡を取らなかった。「結婚したい」という発言はちょっと気持ち悪かったし、でもそれを言うのは気がひけたし、どういう言葉をかけたらいいのか、わからなかったから。

家庭に問題があるとは思えなかった。でも、俺の知らないところで実はすごく揉《も》めていたのかもしれない。そんな想像もしたけれど、だからといって自分から助けに行こうともしなかった。もちろん、助けてと言われれば別だけど。

そして救助要請がないのをいいことに、俺はレンという存在を自分の中で放置した。

実際、忙しくて思い出す暇もなかった。高校に進み、部活に入り、新しい仲間ができて、高一の夏は、レンどころか色々なものを置き去りにしたまま、走り去った。
思い出したのは、高二の夏。またしても花火大会の日。タイミングがいいんだか悪いんだか。

「また焦げてんの」

皿にのった黒い物体を見て、俺はつぶやいた。鳥肉が、思いっきり炭化してる。

「しょうがないじゃない。焼いてる最中に電話かかってきちゃったんだから」

悪びれない母親に、軽く苛《いら》つく。

「先に火を消せばいいだけだろ。でなきゃ、子機に切り替えて料理しながら話すとか」

「はいはいはい。そうですね～」

こういうとき、俺の母親は絶対に謝らない。それがとにかくムカつく。

「『はいは一回』、って言われて育ったんだけど」

「そうねえ。よく覚えてるわねえ」

「あと、『ごめんなさいは？』ってのも」

「あったわねえ」

こんちくしょう。どう話を振っても、謝らない。

「それくらい、いいじゃん。文句があるなら食べなきゃいいよ」

美咲の言い草に、俺はさらにむっとした。こいつは、中学に入ってからどんどん生意気になって、口出しが多くなってきた。

「お前のは、焦げてないだろ」

「だからなに」

いつもそうだ。安全圏から文句たれてばっかり。

「あーあ、炭焼き鳥じゃなく、フライが食いたかった」

「あら、じゃあ明日買ってくるわよ」

「そういうんじゃなくてさ」

家で温めなおしたフライなんか、食いたくねえんだよ。どうせトースターから目を離して、また焦がすんだろうし。

　父親は最近、帰りが遅い。不況なんだかブラック企業だか知らないが、帰ってきても疲れていて会話がない。そのせいか、母親や美咲が増長している気がする。

「お兄ちゃんさあ、ガキっぽいよ」

「はあ？なんだよそれ」

「出してくれたものに文句つけてさ。超コドモ。レンくん見習いなよ」

　どきりとした。なんでいきなりその名前。

「意味わかんねえ」

「わかんないわけないじゃん。レンくん、出されたものはなんでも気持ちよく食べてカッコよかったなあ。また会いたいなあ」

「そうね。しばらく会ってないわね。今年あたり、また呼ばない？」

なに言ってんだ、お前ら。「結婚したい」とか言われてたんだぞ。それを知りもしないで。

「……呼ばねえし」

　母親が、味噌《みそ》汁をよそった椀《わん》をテーブルに置く。

「あら残念。ケンカでもしたの？」

　俺は目線をそらして、下を向く。見ただけでわかる、かっちかちの鶏肉。しょっぱくて、熱いだけが取り柄の味噌汁。

ああ、レンのお母さんの作ったフライドチキンが食べたい。揚げたてでサクサクの衣と、じゅわっとしみ出るうまい汁。ニンニクやハーブの、いい香り。

「あーあ、レンくんに会えないのかあ」

美咲が、俺の顔を見ながらわざとらしく言った。

「レンくんだけがいた日が、最高だったなあ」

かちんときた。だからつい、手が動いた。

「ふざけんな！」

ばん、とテーブルを両手で叩く。するとその衝撃で、味噌汁の入った椀が傾いた。テーブルの上を、こぼれた味噌汁が生き物のように滑る。そしてそれはそのまま、向かいに座っていた美咲の足の上に。

「熱っ!!」

美咲が悲鳴を上げながら、立ち上がる。見ると、短パンの太腿《ふともも》のあたりが大きく濡《ぬ》れている。

「美咲！」

母親が、布巾《ふきん》を片手に走り寄る。

「どれくらい熱かった？　火傷《やけど》になってない？　大丈夫？」

すると美咲が、涙目でうなずく。

「すごく熱い。ヒリヒリする。痛い」

「早く水をかけなきゃ。お風呂場に行って、服の上からシャワーをかけるのよ」

知ってる。それ、火傷の応急処置だよな。俺はその場に立ったまま、ぼんやりとそんなことを考える。

まあ、あいつだって女だし、跡とか残ったらヤバいんだろう。なに、いまどき嫁の貰《もら》い手的なあれ？　俺の責任的な？　はは、笑える。たった一回、テーブルを叩いただけなのに。

「春紀、あんたはそこ、片付けておきなさい！」

母親と美咲が支え合うようにして風呂場に消えたあと、俺はのろのろとテーブルを離れる。

なんかもう、嫌だ。

そのままスマホを摑《つか》んで、外へ出る。

そしてレンのアドレスを呼び出し、メールを送った。

『俺と、入れ替わってくれ』

＊

驚いたことに、すぐ返信があった。

レンの家の近くで待ち合わせると、見慣れた影が現れる。

「よう」

三年近く会っていなかったのに、まるでつい昨日別れたみたいに手を上げた。髪型や雰囲気が変わっていなくて、少しほっとする。

「入れ替わりたい、って今から？」

「――ああ」

断られるだろう、と思ってた。けれどレンは軽くうなずく。

「いいよ」

「え？」

「いいよ、って言ったんだ」

ためらいがなさすぎて、逆に不安になる。あんな別れ方をしたのに。

「ただ今晩は急だから、うちに泊まれよ。俺の母親が、ハルんちに連絡しとくから」

でないと、ただの家出になっちゃうだろ。そう言われて、俺はうなずくしかなかった。

「……悪いな」

レンの足もとから、長い影が伸びる。

「別にいいって。俺は、ハルのうちが好きなんだから」

まるで悪魔に、契約を申し込んだような気分だった。


レンの両親は、突然訪れた俺を歓迎してくれた。

「久しぶりね、春紀くん。今回は泊まっていってくれるんですって？」

「……突然、ごめんなさい」

「いいんだよ。むしろ賑《にぎ》やかになって嬉しいんだ。夕食は食べた？」

まだです、と言うとテーブルに案内してくれた。おかずは、ブリの照り焼き。ほかほかのご飯と味噌汁を差し出され、俺は高二にもなってちょっと泣きそうになる。

「魚、大丈夫だっけ」

レンの言葉に、小さくうなずく。その気づかいが、またつらい。

「ああ、好きだよ」

箸を入れると、ほろりと身が取れた。そのまま口に運ぶと、あまじょっぱいタレが口の中に広がる。飯を呼ぶ味だ。

「おいしいです」

口一杯に白飯を頬張って、ごくりと飲み下す。うまい。ただ、どことなくもの足りない。上品な味だからだろうか。

そういえば、俺の母親の数少ない得意料理がブリの照り焼きと銀ダラの西京焼きだ。あれは、焦げがあった方がうまく感じるから。

そういえば、このブリは全然焦げてないな。やっぱり、火の調節とかがうまいんだろうか。それを口に出すと、レンのお父さんが笑った。

「さすが春紀くん。いいところに気がついたね」

「え？」

「うちのキッチンじゃ、焦げはほとんどできないんだよ。オール電化で、ＩＨコンロだから」

ＩＨコンロ。テレビで聞いたことはある。要するに、電気のコンロってことだよな。うちはガスしかないから、なんとなくイメージが摑めない。電子レンジの、オーブン機能みたいなものなのか。

「直火じゃないから、焼き物はうまくないんだよ」

レンが、ぼそりと言う。

「そうそう。だからこれもフライパンで焼いちゃったのよね」

お母さんが、うふふと笑う。それを見て、俺はようやくレンの不満がわかった。レンは、直火で焼いたものが食べたかったんだ。

「卓上コンロとかは、ないんですか」

「ないの。テーブルでお料理すると、湯気が真上の天井に行くでしょう？　そうするとね、火災報知器が鳴ってしまうのよ」

「一回、鍋やろうとして鳴ったよな」

「設備が良すぎると、大変なんですね」

　それ以来、鍋はキッチンで煮立ててから持ってくるのだという。それを聞いていたレンが、「つまんねー家」とつぶやく。

「またそんなこと言って」

「そうだぞ、レン。文句は、月に三十万のローンを払えるようになってから言え」

三十万。具体的な数字が出てきて、俺は驚いた。それがものすごく高いのか、それとも妥当なのか俺にはわからない。そしてなにより、そういう数字を子供に告げることに驚いた。

「俺がいつ、三十万の家に住みたいって言ったよ」

「レン」

　お父さんの声に、きついものが混じる。

「三十万だろうが四十万だろうが、つまんねーものはつまんねーんだよ」

レンの声が、びんと通る。熱い油が、じゅっと落ちたようだった。

「レン、いいかげんにしないか」

「火災報知器なんて言い訳、恥ずかしいから春紀に言うな。要は、直火のすすで天井を汚したくないだけだろ」

「レン、お父さんに謝りなさい」

「できるだけきれいに住んで、高く売るんだろ。だから壁に傷もつけないし、ペットもなし。帰ってテレビ見て寝るだけの、ホテルみたいな家。そんなの、つまんなくて当たり前だろ」

自由なようで、息苦しい。自分の家なのに、自分の家じゃないみたいな。好きなはずなのに、好きじゃないみたいな。

油が、ぐらぐらと煮立っているような表情。これはまさに、さっきの俺だ。

どうしようもない感情に、どうしようもない状態。

「連斗《れんと》！」

お父さんが立ち上がるより早く、レンが立ち上がる。それを見たお母さんが、痛そうな表情を浮かべる。まるで、油が自分に向かってはねたように。

「――出て行く前提の家だろ。少し早まっただけだ」

そう言い放つと、いきなり俺の腕を取る。

「行くぞ」

「あ、うん」

よくわからないまま、俺はレンに引きずられるようにしてマンションの外に出た。

レンの両親は、追ってこない。

レンは苛立った表情のまま、しばらく無言で歩いていた。

けれどどちらの家からも離れた場所まで来て、ふと足を止める。住宅街の、四つ角だった。

「悪かったな、ハル」

「や、いいよ。別に」

もともと俺の方が先に、似たようなことやってたんだし。そう言うと、レンはふうっと息を吐いた。

「似たような顔してると、似たようなタイミングでキレるのかな」

「さあ。でもまあ、ちょっと似たカンジはあったかも」

特に不幸じゃなくて、でも最高に幸せでもなくて。一番に打ち込むようなものもなくて、一番逃げたいようなものもない。ただ、なんとなく、ちょっとムカつく。そんな気分が、小さな頃から少しずつ溜《た》まっていた。じりじりと、焦げるように。油がゆっくりと加熱されるように。

そして今日、それらが沸点を迎えた。

「レンは、家以外でなんかあんの」

「特にない。ハルみたいに受験もないし」

「受験ねえ――」

あれは確かにストレスだけど、「どうしようもない」感じとはちょっと違う。だから俺は、首を横に振る。

「友達とか」

いるけど、揉めてないし。

「彼女とか」

「え!? レン、カノジョいんの？」

「いないし。聞いてみただけ」

そこは一緒じゃなくてもよかったかな。笑う俺に、レンは軽く肘《ひじ》を入れてくる。

夕食後で、真夜中未満の住宅街。似たようなトラブルを抱えた、似たような顔の俺たち。スペックは色々違うんだけど、でも同じような仕上がりで。

足は自然と、あのコンビニへと向かった。

あの夜、あげチキと焼き鳥をレンと俺はいくつ食ったんだろう。二人ともあまり金を持っていなかったけど、出せるだけ出して、食べられるだけ食べた。それで最後は気持ち悪くなって、二人して吐いた。

バカみたいだった。でも、バカになりたかったからそれで満足だった。

*

レンと俺は、似てるけど似てない。似てないけど似てる。

「まあ来年は、どっちの家でもないとこだろうな」

最後に、どちらからともなく言った台詞。そういうところが、似ててよかった。

つまり俺たちは、ケンカなんてしていない。もともと、家で会う気がなかっただけだ。

俺は適当なところでパソコンを閉じると、家を出る。母親と美咲が先に出かけてくれたのは、ありがたかった。どうせあの二人に説明しても、わかってもらえなかっただろうから。

花火前の、どことなくざわついた街の空気。浴衣を着た女に、団扇《うちわ》を持ったグループ。会場に着く前から肩車をしてもらってる子供が、嬉しそうにはしゃいでいる。

そんな中、花火の見えない場所にあるあのコンビニも、いつもより賑わっている。

「よう」

焼きそばの匂いが立ちこめる店内で、レンが片手を上げた。

「おう」

レジでホットスナックを買い、外に出た。そこでようやく、花火大会がはじまる。

どん、と身体に音が響いた。

「はじまったな」

「ああ」

「最近、どう」

どんどん。華やかな連射の音。

「母親と美咲に、ケンカ中って思われたよ。特に理由を話さなかったから」

ぱちぱちぱち。小さめの花火がたくさん。

「ああ、まあうちも似たようなカンジ。ネタ的に腫《は》れ物感があって、逆に突っ込まれなかったけど」

「――だよな」

「かくして、自由は再び我が手に」

レンは、出会った頃のように大げさなポーズで笑う。それを見ながら俺は、あげチキを一口齧る。相変わらず濃いめの味つけと、カリカリの衣がたまらない。

「ハル」

「ん？」

「なんか、色々不自由だよな」

「だな」

思う通りに、行くことの方が少ない。でもそれが贅沢な言い草だってことくらい、わかってる。わかってるから、あえて口には出さない。

「だから、たまるんだろうな」

レンは、串から肉をぐいっと引き抜く。頰に、うっすらとタレの跡。

「エロトーク？」

「バカ。そっちこそたまってんのかよ」

ばん。今までにない衝撃。思わず、夜空を見上げた。何も見えない。

「たぶん今の、でかかったよな」

「だよな。びりびりきた」

レンも同じように、夜空を見上げる。

何も見えないけど、口元が笑っていた。

3 地鶏のひよこ

子供って、こんな感じだっけ？

それが生まれたての息子を見たときの、正直な感想だ。

だってなんか、全体的に想像と違ってた。

そしてその違和感は、今も変わっていない。

*

まず、一番はじめの記憶。

「おめでとうございまーす」って赤ん坊を看護師さんから渡されたとき、俺は「ん？」と思った。可愛いとか不細工とかじゃなくて、俺が思う赤ん坊っていうのは、とにかくグニャグニャムチムチして柔らかい餅《もち》みたいな存在。親戚《しんせき》の子供が生まれたときとか、みんなそんな感じだったから、てっきり今回もそうだと思ってた。

なのに連斗は、固くて細長かった。足が棒みたいにまっすぐで、膝下《ひざした》が嘘みたいに長い。これ、絶対俺の遺伝子じゃねえよ。そう思ったけど、よく考えたらヨメだって特に足が長いわけじゃない。いや、二人とも短いわけじゃないけど。

持った感じも、なんかごそごそしてた。要するにあいつは、なんか赤ん坊っぽくなかった。だから俺の中でのあいつは、「ばぶばぶ」とか「おぎゃー」とか言っていた印象がない。ヨメのおっぱいを吸っていたなんて、「嘘だろ？」って思うくらいに。

　それでも、幼稚園の頃はまだ可愛げがあった。手をつないで歩いたり、肩車をしたり、「ザ・親子」的なことを、そこそこなしていた記憶がある。

　関係ないけど、そういう親子的なイベントって、正直苦手な部分がある。でもまあ、やらないとそれはそれで「ひどい」的な感じをヨメが出すし、自分的にもなんか「それでも親かよ？」って感じになるから、しょうがなくやってた部分がある。

　遊園地、クリア。水族館、クリア。牧場、クリア。みたいな。とりあえず画像が残れば、双方のじいちゃんばあちゃんにも申し訳が立つし、何より将来ムスコが納得できる。

「そこまで愛を感じたことはないけど、それなりに金と時間をかけられていたんだな」

　そう思う道具になれば、御の字っていうか。

　まあ言っても、俺はそこそこなすタイプ。写真用の笑顔くらい、いくらでも作れる。感情と損得は、切り離しておくべきに一票な。

家族サービス、っていう言葉はださくて嫌いだ。仕事のつきあいで、たまに言われたりするとぞっとする。昭和かよって。

東京《とうきょう》の、そこそこいいとこにオール電化のマンション買って、ヨメとムスコを抱えてるわけだよ。

ヨメは、生まれも育ちも東京で、実家も近い。でもって俺は、広告関係のオシゴト。出会いは、丸《まる》の内《うち》あたりでやった異業種交流会という名の合コン。全体的に口当たりのいいワードで形成されてて、これでださくなるのって、逆に難しいだろ。

だから、特に「お洒落《しゃれ》」を追求してるわけじゃないけど、スペック的に、まあそういう方向性になるわけ。ヨメの選ぶインテリアや服は、自然にそっちに寄ってくし、つまりは彼女の選ぶ服を着てるムスコも、そこそこの仕上がりになってくわけだ。

でもって、そういう仕上がりだと、周りにもそういうつきあいが増える。ムスコが幼稚園のうちは、よくホームパーティーやバーベキューの集まりがあったっけ。ただ、小さすぎてたぶんムスコは覚えてないけど。あと、顎《あご》が小さいから肉とかうまく噛み切れなくて、麺類ばっか食ってたけど。

そういえば、ホームパーティーをホムパって略すのもださいな。そういう言い方するくらいなら、いっそ「食事会」とかの方がまし。子供がいると、否応《いやおう》無しにださいワールドに引き込まれる部分があるんだけど、避けられる部分は避けていきたいもんだ。

で、まあそういう会に招かれると、色々試されるっていうか、知るわけだ。オール電化当たり前っていうか、うちと同じ系列のマンション多いとか。同じ備品使ってるのに、床面積広いとか。旦那《だんな》の仕事、士師業多めだなとか。そんな情報が、間接話法でじゃんじゃん流し込まれる。

もしかしたら、相手もキョロついてるかもしれない。でも全員、顔には出さない。だから俺も、つきあう。お上品な会話。ヨメたちはそういうの得意だし、慣れてる。俺は慣れてないけど、場当たり的にこなせるタイプ。でも中には、慣れてない男もいる。当然のことだけど。

気持ちは、わからなくもない。

「なんで俺が、たまの休日に、いきなりリア充マックスなコミュニケーションをやんなきゃならないのか？」

「欧米人じゃねえんだから」

「今日初めて会った相手と、仕事の話もせずに、会話が進むわけないだろ」

「なんだよ、家族サービスって無理ゲーかよ。いや、クソゲーか」

顔に、そう書いてある。

それはつまり、負けだ。

こういう集まりで「楽しめない男」は、「家族を大切にしない父親」であり、ひいては「きっと職場でも難ありな社会人」で、「雰囲気、ちょっと違うヒト」になる。で、そいつの妻は、なんとなく居心地悪そうになってく。

いいんだよ、別に。ただのガキのつきあいでのホームパーティーなんだし、ここで嫌われたって、仕事になんの支障もない。妻のつきあいに問題が出るかもしれないけど、それはそっちで解決してくれってハナシで。

で、俺的には、ガキ同士が楽しく遊べてればそれで充分だろって。

だから百パー嘘の笑顔で、表面つるつるの会話をする。何の引っかかりも与えず、ただ笑って「またやりましょう」と別れるためだけに。

息子の幼稚園の人間関係なんて、正直どうでもいい。私立の一貫校でもないから、その場限りのつきあいになるのは、お互いわかってることだし。

だから、そんなところで「うんざり」を顔に出すやつのことを、俺はださいと思う。

つか、地元だったら間違いなくけたくっとる。

つるつるがきっかけでも、それなりに話せる相手に出会うことがある。俺の場合は、ムスコがよちよち歩きのときから通ってた、英会話教室の保護者。教室が近所だったから、よくスーパーなんかで見かけて、会釈しあってた。でもその頃は、ただそれだけ。

＊

やがて連斗が小学校に上がるのをきっかけに、その教室はやめてしまった。そして自動的にそこのつきあいは終わったんだけど、近所だから顔は覚えてた。

そういう相手に、夜中のコンビニで出会った。連斗が再び受験勉強を始めた、高二の夏。

お互い、仕事帰り。つまり去年の話だ。金曜の夜、時計の針はてっぺんから右にずれている。

「ああ、どうも」

店内に客が少ないこともあって、会釈だけじゃすまない雰囲気だった。

「レンくん、の」

「はい」

そちらはケイくんの。俺の言葉に、相手もうなずく。名字なんか、よく覚えてない。

なにしろ、教室に通っていたのはもう十年以上前だ。

「お疲れさまです」

　とりあえず、ご近所的対応をしてみる。

「そちらこそ。レンくん、元気ですか。前に見かけたとき、すごく大人っぽくなってて驚きましたよ」

「ケイくんもそうじゃないですか。背が高くて、なにかスポーツをやってる感じがしましたよ」

　男同士とはいえ、子供を挟むと対応が女同士みたいになる。これは、子供を持って初めて知ったことの一つだ。褒《ほ》められたら、褒め返すという定型の文脈。おばさんみたいでちょっとな、と思うこともあるけど、まあこれは許せる範疇《はんちゅう》。俺の父親みたいに、自分の子供を謙遜《けんそん》とはいえ「豚児《とんじ》」扱いするよりは、スマートなやり方だと思うから。

　とはいえ、ちょっとの謙遜は入れておく。

「いやあ、でもうちのが大人っぽいのは、見た目だけですよ。いまだにゲームに夢中ですし。受験も近いってのに」

　謙遜っていうか、これは真実。連斗はインドア派で、ゲーム以外の趣味がよくわからない。

「うちもですよ。受験といえば、レンくんは塾に通ってますか？」

「はい。この近くのやつにね。七時前から始まるんで、いっぱしに帰りが遅いらしいです」

ケイくんは？　とたずねると、相手もうなずいた。

「行かせてますけど、ダメですね。スポーツ、っていうか野球に打ち込みすぎて、勉強は残念なタイプみたいで」

ないものねだりですかね。相手の言葉に、俺はうなずく。

「今日は、残業ですか」

言いながら相手のカゴを見ると、酎ハイのロング缶二本と『炭火焼風・もも焼き』と書かれた真空パック。どう見ても、これから「ひとりでやっつけちゃるけん」的ラインナップ。

「いつもってわけじゃないんですけどね。今日はたまたま」

相手も、ちらりとこっちのカゴを見る。同じ銘柄のロング缶と、つまみは総菜《そうざい》コーナーにあったチキン南蛮《なんばん》。

なんとなく、（つまみ的に）気が合いそうな。

「私もです」

流れ的に、一緒にレジに並んだ。

「本当は、このまま公園あたりで呑みたいんですけどね」

相手が、苦笑しながら言う。おっと、それわかる。

「ああ、この辺、そういう感じじゃないですよね……」

俺もできれば、これは外で呑みたい。ヨメがどうとかそういうんじゃなくて、ロング缶の直《じか》飲みは、家っぽくないってだけのハナシだ。

「職場の近くなら、あるんですけど。そこで飲んだら、もうそのまま帰れなくなりそうで」

あー、それもわかる。てげわかる。

「そこ、最後の砦《とりで》ですよね」

「そうなんですよ。なんか、越えたら後戻りできないような、そんな気がします」

妻子は大切で、家庭をないがしろになんかしたくない。ごく普通に、働いて家と職場を往復。でもそのすき間に、ぽっかりと穴を開けて待っている暗闇がある。

「でもやっぱ、家じゃないんだよなあ」

俺のつぶやきに、相手はぶんぶんうなずく。

「ですよね。それにこの辺の居酒屋、閉まるの早すぎだと思いませんか」

「思った！　十二時閉店とか、意味わからんし」

居酒屋と名乗るならせめて、夜中の二時くらいまで開いていてほしい。ラストオーダーが十一時とかって、それただのレストランやんけ。

ああ、このまま呑みに行きたいな。お互い、そういう顔をしてた。

「あの。よかったらそこら辺で飲みませんか」

それを察知したのか、相手が店の外にある駐車場を指さす。夕方とか夜に、ガキどもがよくたまってるような、縁石の近く。

「いいですね」

断る理由もない。夏の終わりだから、外で充分。ついでにガキやヤンキーの姿もないし。店員を見ても、無反応。飲んでもいいってことと解釈する。

「ええと、一応、私、こういう者です」

名前があやふやなので、こっちから名刺を出すことにする。じゃないと呼びにくいし。

「あ、これはご丁寧に。橋本《はしもと》さん、とおっしゃるんですね」

「はい」

相手は、浅野《あさの》さん。建設会社に勤めているらしい。でも見た目は役所勤めっぽいし、内勤のホワイトカラーと踏んだ。

外に出て、少し悩んでから縁石に腰かけた。なんかこういうの、久しぶりだな。

「じゃ、乾杯」

缶のプルタブを開けて、まずひとくち。うまい。暑いときは、ビールよりもきんと冷えた酎ハイをごくごくやりたい。そしてそれに合わせたいのは、味が濃くて、ちょっと下衆《げす》なテイストのあるつまみ。

俺は軽くあたためてもらったチキン南蛮のパックを開けて、タルタルの上に載せられたセロファンをぺろりと剝《は》がす。こういうのが、ゲスくていい。揚げたてどころか、時間がたってぐんにゃりした衣。脂on油の肉を、口の中に放り込む。

「——モモか」

「え？」

俺のつぶやきを耳にした浅野さんは、首を傾げる。

「料理、お好きなんですか？」

「あ、いえ。自分ではできないんですけど、チキン南蛮はモモとムネで大分味が変わるので」

「へえ、初めて知りました」

浅野さんはレトルトの袋の中に、直に箸を突っ込んで肉を取り出す。

「炭火焼き、お好きなんですか」

お返しも兼ねてそうたずねると、浅野さんは苦笑した。

「好きなんですけどね、家じゃできないんですよね。こないだやってみたら、炎と煙が上がって、火災報知器が作動してしまって」

そりゃそうだ。あれは、家で食べるもんじゃない。

「うちも酒鍋でアルコール飛ばして、鳴ったことありますよ。オール電化なのに火災報知器ついてるんだ、って妻と笑いました」

すると浅野さんは、真面目な顔でうなずいた。

「ああ、あれはオール電化でも、必須なんですよ。だって火災の原因で一番多いのは、煙草《たばこ》の火ですから」

「あー、なるほど」

「それから、電気系の火災に関して言えば、漏電《ろうでん》によるもの、プラグの差し込み口にホコリがたまって発火するもの、アイロンの消し忘れなどがあります」

プロの説明をふんふんと聞いていると、浅野さんは俺の手元をひょいと覗き込む。

「そういえば、一緒ですね」

「え？　何がですか？」

瞬間、どきりとした。別に後ろめたいことなどないのに。

「九州つながり、みたいな。地鶏のモモ焼きとチキン南蛮って」

ばれた。こういうとき、なぜかその言葉が浮かぶ。別に隠してるわけじゃないのに。

「はは、実は私、宮崎《みやざき》出身なんですよ」

「そうなんですか」

彼の表情は変わらない。

「浅野さんは、こっちの人ですか」

「ああ、まあ、半分そうですね。生まれは埼玉《さいたま》なんですけど、小学生の頃、東京に越してきたんで」

なるほど。ほぼ東京のヒトか。こういう人は、あんまりこっちのことを気にしない。

俺は、酎ハイをぐびりと流し込む。

「橋本さんは、いつから？」

「最近ですよ。といっても結婚前からなんで、けっこう経ってるかな。地元の会社から、転職してこっちに来たんです」

地元の大学を出て、地元の広告会社に入って、でもやっぱり、一度は「ど真ん中」を見てみたくて。それで上京した。

「珍しいパターンですね」

「大学がね、ストレートで就職できるようなとこじゃなかったんで。中途を狙ったんです」

「ああ、それはありですね」

東京のど真ん中にある広告代理店なんて、エントリーシートだけで言うなら、六大学卒が最低ラインと言っても過言じゃない。で、地方大学卒がそこに割り込むには、才能か実績、どちらかが必要となるわけで。

「幸い、ちょうど経験者の枠がありまして」

「すごいですね。夢に向かって確実に歩を進めるパワーを感じますよ」

それにくらべて私なんて、と浅野さんがつぶやく。

「何も考えずに大学を出て、近いって理由だけで今の会社に入って、近所の顔なじみと結婚しました」

「いいじゃないですか」

俺だって、できることなら全部近場で済ませたい。

「でもそのせいで、今、やりがいっていうか、そういうのがなくて。だから現場がつらいんですよね。職人さんたちはやっぱり、そういうの察するんで」

浅野さんは、言い終わると同時に酎ハイをあおる。直箸。ロング缶。そうなる理由の、あった日だったわけか。

「――わかります」

世の中には、「好き」がモチベーションで動く仕事と、「好き」を持ち込まない方がうまく動く仕事がある。建設会社的に言うなら、前者は作業現場で、後者は資金繰りや役所関連の手続きなんかがそれに当たるのかもしれない。

「同じものが好きな人の言葉は、通じるでしょう。でも私の言葉は、通じないんですよね。響かない、というか」

まだ湿っぽい夜風が、そわりと頬を撫《な》でる。

「好きになりたい、と思うんです。そうしたら、自分の仕事に誇りを持てるだろうし、現場もうまく回る。それがわかってるのに、自分は、何の興味も持てないんです。だから勉強して語彙《ごい》が増えても、相手にされない。つらいです」

これはきっと、会社の中では言えない。かといって奥さんに愚痴《ぐち》るのも嫌だろうし、友達にも言いにくい。下手したら「いい会社に就職できた上に結婚もして、ついでに贅沢《ぜいたく》品の子供まで手に入れて、なに言ってんだ」って言われる案件だ。スペック満たせてるんだから、それくらい我慢しろ。自殺するほどつらくないなら、それは甘えだ。そんな声が、あちこちから聞こえてくる。

「……理屈で好きになれたら、苦労しませんよね」

俺の中にも、似たような気持ちと、似たような葛藤《かっとう》がある。

どこで漏らしても、非難を受けるであろう、葛藤が。

「私——俺もそうです」

「橋本さんでも、そんなことあるんですか」

うつむけていた顔を上げて、浅野さんがこっちを見た。

あるよ。てっげヤバいやつ。

もう子供は手を離れかけてて、学校も進路も違うし、仕事的にも関係ない。ましてや妻同士の連絡もない。かろうじてあるのは「近くに住んでる」「子供を持った父親」というつながりだけ。さらに、詳しい番地や家の場所は知らない。

そういう相手だからこそ、喋れることがある。

俺は、息をすうっと吸い込んだ。この気持ちを外に出すのには、ちょっと勇気がいる。

「浅野さん。俺はね、息子のことがあんまり好きになれないんですよ」

嫌いじゃない。好きになりたいと思っているし、そう努力してきた。

でも、どうしても無理だった。単純に、合わない。

あいつは俺の好きなものが嫌いで、嫌いなものが好きだ。

それに、気づいてしまった。

あいつがただの「幼児」だった頃は、そんなことはなかった。でも小学校に入る頃には、あいつはすでにあいつになってた。誰に教えられたわけでもないのに。

親として、ちょっと方向を与えてみようとしたことはある。野球やテニスのお試しレッスンに二人で参加したり、プールに行ってみたり。けど、そのどれもヒットしなかった。結果わかったのは、俺が嫌いなサッカーが好きということ。

「スポーツだって好みがあるし、しょうがないでしょ。だったらインドアで一緒に楽しめば?」

ヨメの言葉を真に受けて、次のトライアル。シューティング系のゲーム、ボツ。太鼓の達人、ボツ。コロコロ、ジャンプ、F1、プロレス、オールボツ。

接待しようにも、その糸口がこれっぽっちも見つからない。どんだけ気難しいクライアントなんだって。

じゃあ何が好きかって聞くと、「本とサッカー」。ほら、サッカーやる奴ってこうなんだよ。なんかカッコつけてて、スポーツマンのくせに哲学者ぶりたがる。好かん。

ゲームもやるようにはなったけど、オセロや将棋みたく地味なゲームと、オンラインのRPG(それもハンター系じゃない地味なやつ)が好きだった。ピクサー系のアニメと音楽は嫌いじゃなかったみたいだけど、今は何が好きなんだか。

いじめられてはいなかった、と思う。でも友達が多いわけでもなかった。

同じクラスだったら、絶対つるまなかった奴。それがわかった瞬間、どこかでシャッターが下りた気がした。

嫌いじゃない。好きになりたいと思ってるし、そう努力してきた。けど、不毛な努力はお互いに不幸しか生まない。だから、割り切った。

　これは、ホームパーティーでは絶対に言えない台詞だ。家はもちろんのこと、共通の友人など、ヨメにつながる人の前では絶対にばらせない。

「タイプが、違いすぎるんです。違いすぎて、近親憎悪すら湧かない」

　言いながら、ちらりと隣の男を見る。きっと、信じられないものを見るような目で見られるんだろうな。そう覚悟していた。

　ただ、ちょっとだけすっきりしていた。「言ってやった」感があった。

　むしろ、眉《まゆ》をひそめられたい。「まさかそんな」からの「信じられない」って表情を、ずっと想像してたから。それは主に、ヨメの顔だったんだけど。

　責めろ。俺を責めろよ。ほら。

　ずっと抱えていたヤバい荷物を投げ捨てて、中身を道にぶちまける。もしかしたら俺は、これを待ってたのかもしれない。

　夜だし。おっさん相手だけど。

「ああ――」

　浅野さんはそうつぶやくと、しばらく口をつぐんだ。なんて言ったらいいか、わからないんだろう。俺だって、こんなこといきなり言われたら、フォローに困る。

　背後から、蛍光灯の光が射《さ》す。俺たちの顔は暗い。

「そういうの、わかりますよ」

　ぽつりと、浅野さんがつぶやく。父親同士の優しさってやつか。

「うん、本当にわかります。つらいですよね」

　酎ハイをごくりと飲んで、うなずく。


　沈黙。

　そして浅野さんは、もう一度うなずいた。深く。ゆっくりと。

「同じです」

「え？」

「私も、同じなんです」

　マジか。

「好きになりたい。そう思ってきました。でも、無理なんです。普通の顔をするので、精一杯です」

「本当ですか」

「ずっと、隠してきました。息子はもちろんのこと、妻にも誰にも言ったことはありません。初めてです」

初めてです、と浅野さんは繰り返した。童貞か。

「ええと」

「ひどいですよね。親なのに。今でも私は、自分で自分のことが信じられません。だって親が——親が、自分の子供を好きになれないなんて」

沈痛な面持ちで、浅野さんはぐっと唇を噛み締める。おい。それ、俺がやるはずのポーズじゃけん。

「妻に言ったら、泣くでしょう。親に言っても、泣くでしょう。精神科への通院も考えましたが、それがきっかけで周りに知られてしまうと、子供が傷つくでしょうし」

「精神科、ですか……」

好きになれないのは、病気なのか。だとしたら、俺も？

「でも別に、虐待とかしてるわけじゃないなら」

「はい。放置もしてません。でも、おかしいじゃないですか。妻は子供を産んだら母になったのに、私は父親になれない。いつまでたっても、なれない」

ああ、それはてげわかる。だってヨメ、なんか俺のこと置いていったもん。

産まれて一年くらいは、なんか色々慣れないし、家族全員が緊張してバタバタしてた。でも連斗が立って、喋るようになった頃から、向こうは「ママですから」みたいな空気感を出してきた。

ひいたね。誰、お前、って思った。

俺は「パパですから」ってやれなかった。なんか理性が働いて。

女ってさ、本能とか慣れで母親になるのかな。ヨメ、そういうタイプじゃなかったから、余計にひいたかも。

「できるできないじゃなく、やるんだよ」

っていうのは、地元の上司が酔っぱらうたびに叫んでた台詞。これ、子供が産まれてからずっと、突きつけられてる気がするんだよね。

だからさ、やってるよ。だりーけど、やってる。

でもこれ、「父親」じゃない。父親っぽいことをなぞってるだけの、ロボットみたいなもんだ。だから、誰かの考えたソフトに沿ってしか動けない。

「父親らしい、ってなんなんですかね」

稼ぐこと。家族を物理的に守ること。愛すること。他になんかあったっけか。

「わかりません。それがわからないから、駄目なんだと思います」

ぺこん。浅野さんの手の中で、缶が情けない音をたてる。

「えらいですよ」

俺の言葉に、浅野さんが顔を上げる。

「そうやって悩んで、えらいですよ。俺はとっくに諦《あきら》めたのに」

映画やドラマの台詞っぽく言うなら、「悩み続けることが、父親であること」なんだろう。でもそれが正解なのかも、俺にはわからない。

言葉なんて、なんだって言える。行動だって、トレースがバレなきゃ自発的に見えるだろ。

しない善よりする偽善。ひどい父親より、テンプレな父親。

俺は、そっちを選んだ。

*

相性の問題は、きっと母親にだってあるはずだ。ただ父親の場合、母親ほど子供と一緒にいないから、それを自覚するのが遅いのかもしれない。

「あれ？」と思って、気のせいだと思いながら時間がたって、それでもだましだまし父親を続けて。もしかして、そういう男は案外多いような気がする。

たとえばチキン南蛮の、モモとムネを間違えるように。

「このままいくしか、ないんでしょうね」

俺は、苦笑いを浮かべる。

「どうせもうすぐ成人だし、就職とかしたら、顔も合わせなくなりますよ」

「……そうですよね」

「そしたら、たまに会う親戚と同じです。話題だって増えるでしょうし」

うなずく浅野さんを見て、俺はちょっとだけ申し訳ない気持ちになる。これは、俺が自分に言い聞かせてる台詞だから。

社会に出たら、同じ土俵に立つ。そうしたら、先輩として話せることもあるだろう。気の合わない新入社員とだって、仕事の話ならできるように。

けれど浅野さんの表情はすっきりしない。

「……橋本さんのところは、平和なんですね」

「気が合わないから、衝突もない。それだけですよ」

「うちは、違うんです」

「息子は――私のことが嫌いです」

浅野さんが、眼鏡と顔の間に指を入れる。

「――ああ」

それはそれは。

「うちはね、バレてる――というか、察したんですよ。息子が」

わかるよ。だってあんた、嘘が下手そう。

「自分の親が自分のことを受け入れていないなんて、ショックですよね。だからケイは、それを知って以来、私のことを避けるようになりました」

「二人とも、つらいですね」

「いえ。最近のケイは、笑ってます。私のことを軽蔑《けいべつ》して」

そう来るか。でも、息子の気持ちもわかる。俺だって、そういう父親を見たら、笑うだろう。あんた、大人のくせに隠し通せないのか。それだけの努力も、できないのか。

こっちはこっちで、隠してきたっていうのに。

「軽蔑されても、何も言えないんです。事実ですから」

「失礼ですが、奥さんは」

「うっすら気づいているようです。でも、黙っています。過ぎ去るのを、待っている感じです」

何も言わなければ、ただの親子喧嘩《げんか》で終わる。でも根を掘ってしまったら、後戻りはできない。

「ただ最近は、本当につらい。息子は、背も伸びて見た目はもう大人と変わりません。いや、高卒なら来年、社会に出るはずの年齢です。そういう相手に薄ら笑いを浮かべられるのは、実社会で同じ目に遭っているような気分になります」

俺は黙って、チキン南蛮を頬張る。ぐにゃり。

「ケイの目はまるで——まるであの、職人たちみたいなんです」

「あんたにはわからないだろ」

俺だって、ずっとそう思われてるんだと思う。でも連斗は、そういうことを言わないタイプだ。だから表立ったことはないし、ギリギリセーフでやってこれてる。

浅野さんが不幸なのは、息子がクラス内で自分をハブりそうなタイプだったことだ。

体育会系で強いキャラクターの奴に、デスクワーク一択の浅野さんが勝てるわけがない。

「仲間がいて、コーチや推薦を出してくれた先生がいて、たぶんもう、ケイには父親なんて不要なんでしょう。見限られてるんですよ、私は」

「そんなことないでしょう」

言いながら嘘だな、と思った。ずいぶん前、かすかにだけど、それをやられたことがあったから。

*

最初は、あいつが中学の頃だったっけ。年は覚えてないけど、花火大会があったから、夏のことだ。

塾で仲良くなったという、春紀くんとかいう子をうちに連れてきた。あいつが家に友達を呼ぶことなんてほとんどなかったから、ヨメはすごく喜んでた。

でもその子を見て、俺はちょっとびっくりした。似てたから。

「双子産んだっけ？」

小声でヨメに言ったら、じろっと睨まれた。

しかもその春紀くんが、いい子だった。いや、いい子というよりは、俺の理想に近かった。

キャッチボールで話せて、メシをもりもり食って、レースやシューティングのゲームで一緒に盛り上がって。そうそう、こういうのがやりたかったんだよ。俺は彼といると、ものすごく自然に父親っぽく振る舞えた。

揚げ物、それもコンビニのフライドチキンが好きっていうのも子供らしくてよかった。連斗はあっさりしたものが好きで、そういうところも趣味が合わなかったから。

てげやってみたかった。キャッチボールしてから親子でコンビニ行って、ジャンクなカリカリチキン買って、ビールとコーラで乾杯。「ごはん前なのに」ってヨメに怒られても、余裕で夕飯も完食。汚れた服を怒られながら脱いで、一緒に風呂入って「でも楽しかったよなあ」って生活。

外が暗くなるまで走り回って、麦茶を一気飲みするような、そんな生活。

俺の父親は、そういうの、つきあわなかったから。

子供が産まれるってわかったときは、緊張したし、ヤバいって思った。でも男だってわかったとき、これから何をしようって考えるのが楽しみになった。

俺がして楽しかったこと。俺はできなかったけど楽しそうなこと。そういうことを全部、一緒にやってやろうと思ってた。

ていうのも、地元の先輩がこんなことを言ってたから。

「子供ってのは、奇跡のタイムマシーンやぞ。もう一回、子供時代を味わわせてくれるっちゃん」

嬉しそうに笑う先輩は、子供を連れてライダーショーとゲーセンに行きまくってた。娘だったけど。しばらくして会ったとき、娘は見事なゲーマーに育ってて、笑った。

で、俺。見事に玉砕。連斗は、俺の想像しなかった子供時代を過ごした。

言いわけをするなら、俺のタイムマシーンは違う時代の違う場所に着地した。宮崎の田舎じゃなくて、東京のいいとこに。

人間は育つ環境で変わるっていう、実験を見てるみたいだった。息子は手足が長くて、頭が小さくて、いかにも都会人ですって雰囲気。賑やかで人の多い場所が当たり前だから、デパートに連れて行ってもたいして喜ばない。俺なんか、スーパーで大はしゃぎしてたのに。

東京で産まれて、東京で育つと、俺の遺伝子でもこんな風に仕上がる。

二世だな、って思った。

だってあいつは宮崎弁がわからない。宮崎の料理も知らない。ヨメは気をつかってそれらしいものを作ってくれるけど、やっぱりどこかが違う。それを食べて育ったあいつは、まぎれもなく東京のヒトだ。

血だけつながっていて文化が継承されてないのって、母国じゃない国に産まれた二世としか思えない。あれはどこだっけ。一世代空いただけで、会話も成立しない国もあるんだよな。孫の英語を、祖父母は理解できない。

けど、これだってただの言いわけだ。それを、春紀くんが証明してしまった。

春紀くんは東京生まれの東京育ち。スペック的には連斗と同じで、なんならあっちの方が東京成分は濃いのに、雰囲気が田舎っぽい。そしてなにより、俺と好みが合った。一緒にやりたいことができた。

自明の理。東京とかそういうの、ぜんぶ俺の言いわけだった。

連斗は、そんな俺を見てた。

だからか、あいつは春紀くんの家になついた。あいつ好みの、静かな家庭だったのかもしれない。そこで、当てつけのようにメシを食いまくった。後日、ヨメが向こうの親御さんから電話をもらって、わかったことだ。

「あの子、そんなに食べるのね。そんなに笑うのね」

しゅんとした顔のヨメを見るのが、つらかった。それ、お前のせいじゃないからって。

それで去年、喧嘩した。連斗は受験態勢に入ったせいか、色々なものに苛立《いらだ》ってる感じで、俺とヨメはそれにできるだけ触れないようにしていた。

そんな中、春紀くんが夕飯どきに突然やってきた。あっちはあっちで、ピリピリしてる感じがした。家出かもな、と思った。

「泊まっていけばいいよ」

いかにも青春っていうか、思春期。それを受け止めてやる、オトナな俺。ちょっと設定に酔ってたのかもしれない。でも予想外だったのは、その流れで自分の息子がキレたことだ。

連斗は、どういう話からだったか、この家の文句を言った。そりゃまあ、お前が望んで住んでるわけじゃないってのは、わかってる。でも、結構頑張ったわけだよ。この立地に、この専有面積。まだローンも残ってて、毎月それなりの額が必要なわけだよ。それをさ、「つまんねー家」って、なあ。

だから、つい言ってしまった。

「文句は、月に三十万のローンを払えるようになってから言え」

ぴりっとした。親子史上最高に。そしてあいつは、立ち上がった。いつも静かなあいつが。

「――出て行く前提の家だろ」

そんな捨て台詞を残し、春紀くんを連れて夜の街に飛び出した。

高校生だし、男二人だし、そんなに心配する必要はない。でも、もしかしたら。もしかしたら二度と戻らないんじゃないかって、頭のどこかがそうつぶやいてた。

だって俺は、あいつを好きになってやれなかったから。

「――馬鹿みたい」

ヨメの言葉に、うなずくしかなかった。

「悪い」

大人気なかったのは、わかってる。けど、むかついた。だって俺、お前らのために、そこそこ頑張ってんだよ。それを、全否定されてもさ。

「……どうすればよかったんだよ」

頭を抱える俺に、ヨメは水の入ったグラスを差し出す。

「どうしなくても、いいんじゃない」

「なんだそれ」

「レンが不満を感じてるのは知ってたし、あなたが怒るのは当然。今まで大きな喧嘩もなかったのは、逆におかしいと思ってたから」

ちょっと、ぽかんとした。ヨメは東京の女にしては控えめで、宮崎の両親にも「男を立てることを知ってる」って褒められてたようなタイプだったから。

「春紀くんが一緒なんだし、頭が冷えたら戻ってくるでしょ。あなたもそれまでに、クールダウンして」

「――わかってるって」

ていうか肚《はら》、すわってんなあ。どこまで俺を置いてくんだか。

「あの子は、馬鹿じゃない」

「――ああ」

そんなん、俺だってわかっちょるわ。ただ。

「春紀くんの家が、大好きなんだってな」

「そうらしいわ。あちらのご家族も、レンのことが大好きなんですって」

「両思いか」

だったらこんな家、出て行くよな。見限るよな。頼んでもないのに、マンション押しつけられて。

あのとき連斗は、俺を見限ったんだと思う。

＊

ぐにゃぐにゃした油まみれの何かを口に放り込んで、酎ハイで流し込む。

「好きじゃないんだから、好かれなくて当たり前ですよ」

自業自得、という単語は使わなかった、武士の情けで。

「ですよね」

それでも悲しそうな表情で、浅野さんは炭火焼風の袋に箸を突っ込んでいる。

「どうせ、もうすぐ大人になる。その先は、仲が良い家族だって同じですよ。子供はいつか、親を捨てるときがくるんだし」

「え……そうなんですか？」

聞き返されて、軽く戸惑った。俺の父親は「早く親を捨てろ」って口癖のように言ってたから。

「つまり、その——巣立つみたいな。そして飛び立ったあと、後ろは振り返るな、みたいな」

「ああ、そういうことですか」

浅野さんはうなずきながら、肉の欠片《かけら》を持ち上げる。焼いたような、すすけた匂い。でもこれは、香料だ。本物は、こんなもんじゃない。

「てことはあれ、私たちは面倒みてもらえないってことですよね。介護とか」

なんじゃそりゃ。俺は縁石から軽くコケそうになった。

「好きじゃない相手に、介護されたいんですか」

「いやあ、積極的にそうされたくはないですよ。男ですしね。ただ、こっちは自分の人生のかなりの部分をつぎ込んでるし。費用対効果が、ちょっとくらいはあってもいいのかなって」

好かんな。そういう考えは、ばり好かん。

「こっちを軽蔑してくる相手の、食費やなんやらを払ってきたわけじゃないですか。せめて将来の保障っていうか、見返りくらい、あってもいいと思いませんか。この少子化の時代に、身を削って育てたんだから」

一時は本当に痩《や》せましてね、と浅野さんが笑う。

「妻が元気で長生きしてくれればいいですけど、先にいかれたら面倒ですよ。まあ、介護ケアつき老人ホームの代金だけ出してくれれば、問題はないんですけど。それなら、振り込みだけで済みますし」

俺は、飲み終わったロング缶を握りしめる。こいつ、何を言っとるんじゃ。

「なんのために育てたか、って話ですよね」

「なんの、ためですか」

育てることに、理由なんてあるのか。生まれたら、育てる。それだけのことじゃないのか。

「私にとっては、貯蓄型の保険みたいなものです。掛け捨てじゃ、意味がない」

「――俺は、掛け捨てで充分ですけどね」

軽く苛ついてきたが、顔には出さない。大人だから。

「でもそれじゃ、無駄でしょう。子供なんて金食い虫です。暗い穴に向かって、札束を放り込み続けるだけですよ」

「はあ……」

「回収することを考えて動かないと。せめて損はしないように」

好かれてない相手が、お返しをくれるわけねえだろ。回収どころか、不渡りを出す可能性しか思い浮かばない。ていうか、子供がくれる最大のギフトって、健康に育つことなんじゃないのか。少なくとも俺は、そうヨメに聞かされた。

「――ケイくんは、身体が丈夫ですよね」

「え？　ああ、丈夫ですね。怪我《けが》も運動でやったくらいで、たぶん入院とかしたことないんじゃないかな」

「勉強も、ちゃんとできるし」

「いやあ、そっちはさっきお話しした通りの有り様ですけどね」

「なら、見返りは充分でしょう」

「はい？」

「身体も頭も健康。子供のする恩返しとしては、それで充分なんじゃないですかね」

言われた意味がわからないのか、浅野さんは首を傾げる。

「はあ……まあ、そういうものですかね」

「元気に育つだけで、おつりが来るくらい費用対効果はあがってるんですよ」

だからその後は、好きに生きろ。親なんかいないものと思って、好きに羽ばたけ。

「軽蔑されてても、ですか？」

「はい」

あっちは悪くない。だってあっちは、選んで生まれてきたわけじゃない。セックスしたのは、俺たちだ。責任はこっちにある。

「なんだかなあ」

浅野さんは、酎ハイの缶を持って立ち上がる。

「橋本さんって、案外古いんですね」

「え?」

そんなん言われたことないっちゃが。

「ケイが産まれた頃、年寄りから散々言われましたよ。『子供は三歳までで、親への恩返しが済んでる』とか『七歳までは神のうち』とか。健康なのは確かにありがたいと思いますけど、そういう思想っていうんですか? 私には向かないみたいで」

「いや、そういう話の流れじゃないでしょ」

俺が言い返すと、浅野さんはびくりと身をすくませた。

「あー、ね。ですね」

薄ら笑い。しかもなぜかビビりまくり。

「ていうか、あんまり怖い顔しないでくださいよ。ただでさえ毎日蔑《さげす》まれてるのに、これ以上嫌な気分になりたくないですから」

「はあ……」

脱力感。お前それ、気が合わないとかじゃなくて、単に性格的な問題でムスコに嫌われてるんじゃろ。職人じゃなくても、誰もお前についてこんわ。

俺はため息をつくと、縁石から立ち上がる。その動きに、浅野さんはまたびくりと反応する。

「いきなり、なんです⁉」

「いや。もう帰ろうかなと」

「──ああ」

ほっとしたように、浅野さんも立ち上がる。そして食べかけの袋を、躊躇《ちゅうちょ》なくゴミ箱に突っ込んだ。

「今日は楽しかったです。じゃあ」

嘘もたいがいにしとけよ。そう思ったけど、会釈した。オトナだから。

＊

その後、浅野さんとはまたもとの関係に戻った。見かけたら会釈をするだけで、どうしてもというときにはつるつるの挨拶《あいさつ》をする。お互い、あの夜のことには触れない。

まあ言ったら、大人の黒歴史だから。

余計なカミングアウトだったよな。また同じ季節が巡ってきて、俺はしみじみ反省する。

十二時過ぎの終電で駅に着いて、あのコンビニの前を通る。同じように喉《のど》が渇いていたから、また同じ銘柄の酎ハイを買う。でも今度はレギュラーサイズで、つまみはなし。『炭火焼風・もも焼き』は、相変わらず定位置に置かれている。

さっさと店を出て、飲みながら歩く。

夏ってのは、どうしてこう、やっちゃいけないようなことをやりたくなるんだろう。もういい加減おっさんなのに、緑の匂いがする道を歩いてると、なんかやんちゃなことがやりたくなる。

(あれも、そういうことだったのかな)

飲み終わった缶をわざと握りつぶして、ゴミ箱に放り込む。一球入魂。一発で入った。夜中の住宅街で、思わずガッツポーズ。ガキか。

寄り道をしてたから、家に着いたのは一時前だった。

ソファーに腰かけると、そのまま寝落ちしそうでヤバい。汗臭いからシャワーを浴びようと立ち上がったところで、リビングのドアが開く。

「帰ってたんだ」

Tシャツに寝巻き兼用のハーフパンツを穿いたレンが、冷蔵庫を開ける。手足は相変わらず、長いままだ。

「ああ。そっちは勉強か？」

「うん。夏期講習、あるから」

レンは冷蔵庫から麦茶を出すと、二つのグラスに注ぐ。

「サンキュ」

受け取って一口飲むと、妙にうまかった。酒を飲みながら歩いたせいで、喉が渇いていたらしい。

「もう一杯、飲む？」

そう聞かれて、思わずグラスを差し出した。飲みながら、なんとなく手持ちぶさたな気がして、どうでもいい話をする。

「コンビニで、すごい偽物を売ってるんだけど、知ってるか」

「え。何の話」

「『炭火焼風・もも焼き』ってやつ。炭なんか使ってないし、なんなら直火《じかび》焼きすらしてないんだ。『風』ってのが、言いわけっていうか」

「あー、あるね。そういうの。焼肉弁当とか」

レンは麦茶を飲みながら、静かにうなずく。いい奴だな、と思う。俺だったら、酔って帰って来た親父《おやじ》のたわ言なんかにつきあわない。

うざいから、やめよう。そう思ってるはずなのに、なんとなく口が動く。

「炭の香料まで発明するって、ヘンな情熱だよな」

「そうだね。だったら実際に炭で焼いた方が楽なんじゃない」

「でも、宮崎の炭火焼きは、生易しいもんじゃない。実際にやろうと思ったら、火災報知器が鳴りまくりで大変だ」

「へえ。それ、食べたことないかも。おばあちゃんとこでも、出たことない？」

　意外なことに、レンが食いついてきた。

「そうだな。あっちでは、ほとんど外食しないもんな。地鶏の炭火焼きってのは、店で食べるもんなんだよ」

「ふうん。難しい料理だったりするわけ？」

「いや。ただ単に炭や火力の問題だ。あっちでは、地鶏のモモ肉を細かく切って、網の上で火をぼうぼう立てながら炙《あぶ》って、ススで真っ黒になったところを食べるんだ」

「苦くないの？」

「焦げじゃなくて、ススだから大丈夫。スモーキーな匂いがつくだけだよ」

　カウンターに座ってると、自分の顔も火であぶられて頰が真っ赤になる。服にも髪にも匂いがつくし、焼き肉屋に行くのと同じ覚悟が必要だ。

「それ、食べてみたいな」

「え？」

「直火焼きなんでしょ」

「ああ」

「あのさ、こないだ大学の見学に行ったんだよ」

唐突に何を言いだすんだ。まあそれは、俺も同じか。

「そしたらさ、バーベキュー研究会っていうのがあったんだ」

「はあ？」

言った瞬間、まずいと思った。でもレンは、ただ笑っただけだった。

「だから、大学はそこに決めた」

「……バーベキュー研究会があるから？」

「もともと有力候補だったから。決め手、みたいな感じ」

大学を決める理由なんて、人それぞれだ。でもこの理由は、想定外すぎる。

「……サッカー部やゲーム部に入るのかと思ってたけどな」

俺の言葉に、レンがうなずく。

「そっちも、まだ好きだよ。ただ、サッカーは地元のクラブもあるし、ゲームはオンラインがある。でもバーベキューは、中々できないかなって」

「まあ、そうだな。でも、そんなに好きだったとは知らなかった」

「小さい頃、ホームパーティーとかバーベキューやってくれてたよね。あのとき、外で焼いたものってうまいなあって思ったんだ。それ以来、ずっと好きだよ」

覚えてたのか。

「……レン。お前昔、焼きそばしか食ってなかったぞ。肉は固いとか言って」

「そうだっけ？」

飲み終わったグラスを洗うと、レンはこっちに手を伸ばす。

「それも洗っとくよ」

「ああ――ありがとう」

ヨメの教育がいいのか。ホントいちいち、俺の息子とは思えない。

「地鶏の肉は、普通のよりも固いぞ」

「そうなんだ」

「味はいいけど、筋肉が締まってて固いから、なかなか噛みちぎれない。だからハサミで細かく切るんだ。それをトングでひっくり返しながら、わざと脂を落として火を立てる。いぶし上がったら、塩コショウで完成だ」

「うまそう」

流しの向こうから、レンが身を乗り出す。

「夜中に、自分の親から飯テロくらうとは思わなかった」

「今度、連れてってやるよ」

確か都内にも、本格的な店はあったはずだ。そこに、いぶされてもいい服を着て行こう。

「けど――」

「ん？」

「いや、なんでもない」

もうシャワーに行くから。そう言って、俺はリビングを出た。

地鶏のモモ焼きの味は、教えてやる。

けど、馴《な》れ合うことはしないからな。

だからレン、お前は安心して親を捨てろよ。
俺は、お前と気が合わないんだからさ。

3 丸ごとコンビニエント

「タカナくーん。そろそろ、捨てる時間じゃないの」

そう言われて、僕は時計を見る。午前六時。あと一時間でゴミ回収車がやって来る。それまでに、まとめておいたゴミ袋を表に出しておかなければいけない。

「今日はおっさんの番でしょ」

当番表を指さして、僕は「おっさん」こと長内《おさない》さんをじろりと睨んだ。ちなみに発音はいわゆる「おじさん」と同じではなく、「お」に高い音を持ってきた「おっ」さんである。まあ、年齢的にもそっち寄りではあるけど。

「あれ？　そうだっけー」

おっさんは、さもうっかりしていたように発言する。いつもの手だ。おっさんは、こういう手口で仕事を人に押しつける。

「そうですよ。ほら、ここに書いてあるし」

「あーごめんごめん」

重い腰を上げて、おっさんは店の外へ出ていった。ゴミ袋は、カラスや野良猫に破られないよう、回収の時間まで屋外の物置に入れてある。それを取り出して指定の場所に置き、ネットをかけるまでが当番の仕事だ。

ここは住宅街にあるコンビニ。あげチキが名物のあのチェーンだ。そして僕の名前は、タカナではなく田中《たなか》。「タカナ」は、おっさんが適当につけたあだ名だ。けれどその適当なあだ名に僕が文句を言わないのは、バイトにもう一人「田中」がいるから。しかも、そっちの田中の方が古参。とはいえ実際問題、店で本名をさらすのにも抵抗があるので、それはそれという気もしている。

「おー寒い」

わざとらしく両手をこすり合わせながら、おっさんが戻ってきた。そしてそのままレジ前に立とうとするところを、ブロック。これは店長命令だ。

「おっさん、消毒！」

「ああ、はいはい」

僕に言われて、おっさんは背後に置いてある消毒薬に手を伸ばす。面倒くさがりで適当だから、おっさんはしょっちゅうこれを忘れる。けど、一回レジを出たら必ず消毒スプレーをかけるのがここの規則だ。

「いっつも思うけど、これ、面倒だよねえ。しぶきが目に入るとしみるしさあ。つか、ホントに効いてるのかな」

「アルコールなんだから、そりゃあしみますよ。でも、しょうがないでしょ」

「タカナくんは若いのに真面目だねえ」

「真面目っていうか、職場のルールですし」

僕がそう答えると、おっさんは笑いながらレジを指さす。

「でもさあ、お金が一番汚いって言わない？　不特定多数の人間の手を渡ってさ、下手したら地面に落ちたりしてんだよ？」

ああ言えばこう言う。おっさんはその言葉を体現してる。

レジの中では簡単な調理を行う。だから衛生的な問題として消毒は義務づけられているのだが、出入りのたびに消毒するのは、確かに面倒ではある。

「テンチョーはビビりだからさあ。しなくてもいいことまでしろって言うんだよ」

早朝で客がいないのをいいことに、おっさんは言いたい放題だ。とはいえ、確かに「テンチョー」こと小津《おづ》店長は気が小さい。いや、気が小さいというよりは、心配性だ。まあ、それを簡単に言うと「ビビり」なんだろうけど。

「わかりますけど。イベントの多い時期だから、食中毒には気をつけないと」

「はいはい。テンチョー、ずっと緊張してるからね。従いますよ。社畜として」

社員じゃないし。バイトだし。家畜を名乗れるほど従順じゃないし。

つっこみどころ満載のおっさんの隣で、僕は心の中でため息をつく。

頼むから、誰かこの一週間のシフトを代わってくれないかな。

＊

こうなることは、ある意味わかってた。だからテンチョーも、真っ先に僕に聞いてきた。

「タカナくん、今月末から来月頭って、大丈夫だよね？」

「あー……はい」

本当は、断りたかった。予定があるんでって言いたかった。

でも、ない。予定ってものが、これっぽっちもない。切ないくらいに、なんもない。

「よかった！　頼りにしてるよ」

テンチョーは嬉《うれ》しそうに、シフト表に僕の名前を書き込む。同じように書き込まれているのはおっさんとテンチョー、その二人だけ。もう死にたい。

バイトなんて、他に何人もいる。大学生にフリーター、主婦だっている。でも、一年に一回、そいつら全員が申し訳なさそうな笑顔で僕たちにＮＯを叩き付ける時期がある。それは、クリスマスから正月まで。いわゆる冬のイベントシーズンだ。

大学生やフリーターは実家でうまい飯が食えるからとこぞって帰省するし、主婦は自分が料理やなんかしなくちゃいけないから時間がない。で、残るのは店の責任者であるテンチョーと、いまさら実家もないだろうって感じの独り身のフリーター、おっさん。そして不幸にも実家が超近所という大学生の僕。

思えば、最初の面接の時から罠《わな》は仕掛けられていた。

「うん？　住所に部屋番号がないけど」

履歴書を見たテンチョーは、眼鏡を押し上げながら目を細めた。

「あ、実家に住んでるんで」

「そうなんだ。ご親戚とかもこっち？」

「はい」

「すごいね。江戸っ子じゃない」

「そんないいものじゃないですよ。遊びに行ける田舎もないし」

「そっか」

僕の言葉を聞いて、テンチョーは軽く笑った。でも実際のところ、心の中では大笑いしてたはずだ。『帰省しない奴、キター！』ってさ。

しかも、彼女がいない。いないっていうか、できない。バイトを始めてから二年も経つっていうのに、もう。

「でもさ、クリパって付き合ってる人とだけするもんじゃなくない？　友達とか、家族とか」

　たまにシフトがかぶる女子が、悪気のない感じで言った。うん、あくまでも悪気はない。ないと思う。

「友達は地方出身の奴が多いから、帰省しちゃうんだよ。パーティーは地元でって奴もいるし」

「家族は？　うち、お姉ちゃん就職してるけど、まだ家族とクリスマスのご飯食べるよ。あ、彼氏とはイブね。当日が家族」

「うちは、昔からあんまそういうのやんないんだよ。まあ、プレゼントはくれるけど」

　うちは全体的に、こだわりのない家だ。季節のイベントに家族が揃《そろ》わなくても気にしないし、なんなら行事自体に興味が薄い。河原でバーベキューとか、どこの世界の話かなってくらいに。

「東京に住んでるくせに、地味だなあ」

　うん。それ、聞き飽きてる。ちなみに母親は混んでる場所が苦手で、父親はキラキラ系が苦手。おかげで僕は、浦安にある夢の国を知らずに育った。東京に住んでるくせに。ていうか、あそこ千葉だし。

でも別に、不幸だってわけじゃない。クリスマスには小さいけどホールケーキもあったし、鶏のモモ焼きだって食べてた。

「――本当にパーティーしたくなったら、友達の帰省前にするから」

「あ、そっか」

友達がいないわけじゃないし、言ったら新年会の予定は入ってる。ただ、クリスマスあたりがヒマだってだけで。

でも、だからって最悪のメンバーでクリスマスの夜を過ごさなきゃならない義理もない。なのに、断れない。適当なことを言って断ればいいのに、それもしない。

僕は、こだわりの薄い人間なのだ。

特にこれといった好き嫌いがないまま、一人っ子としてぼんやり育った。自分の皿に載せられたものを特に疑問も覚えずに食べ、それ以上を要求することもなく平均的な体重で大きくなった。

両親も子供に要求が少ないタイプだったからか、進路を押しつけられることもなかった。だからなんとなく、流されるままに進学し、近さと学費を考えて今の大学を選んだ。学部は、どうなってもいいように経済学部。口癖は「別にそこまで」。

趣味にもこだわりがなくて、本も音楽もスポーツも、そこそこ。オタクっぽい友人もいれば、限りなくウェイ系な友人もいる。そしてどんなイベントにも誘われればついていくので、皆からは「浅くて広くて便利な田中」と言われている。

底が浅いっていうのは、本当はよくない言葉だ。でも広ければ、いいんじゃないかとも思う。だってアニメの面白さと、フェスの楽しさが両立できる。野球とサッカー、どっちも見に行けるし、全部楽しくて何が悪い？

「でも浅いんだよなあ」

たまにそうディスられることがあるけど、深いのが偉いのか？　とも思う。何かに夢中になるのはいいことかもしれないけど、他の楽しみを知ろうとすらしないのはどうなんだろう。研究や仕事で、それがお金になるっていうならいいけど。

逆に、僕から見てこだわりの強い人というのは本当に不思議だ。たとえばあるマンガが好きで好きでたまらない友人。そのグッズを集めたいのはわかるけど、すべての時間と労力とお金をそこに傾けてしまうため、彼はいつもものすごく忙しい。そのせいで、一つ単位を落とすくらいに。

あるいは、とにかく肉の好きな友人。おいしいのを求めているうちにまずい肉が許せなくなって、学食や弁当で出会う「どうしようもない肉」にいつも怒っている。

僕はそのマンガを面白いと思うし、おいしい肉はいいものだと思う。でも単位を落としてまでグッズを求めたり、微妙な味のハンバーグを残したりはしない。別にそこまで、と思ってしまうのだ。そしてそれは、万事に当てはまる。

ただちょっと、憧れはある。他のすべてを蹴《け》散《ち》らすほどに強い好き嫌いというのは、なんとなくドラマチックだからだ。そういうことで一喜一憂している人を見ると、いつか僕にも、と思うことがある。

それは「別にそこまで」の壁を越えて、視界をそれ一色に染める何か。それを求めて僕は引っ張り回され、それのために泣いたり笑ったりする。果たして僕の世界を変えるのは、一体何なのか。それはいつ訪れるのか。

僕はいつも、心のどこかでそれを楽しみに待っている気がする。

　というわけで、泣くほど嫌《いや》ってわけでもなく、「やってほしい！」と望まれる状況において、僕はこのシフトを断らなかった。クリスマスにもイベントにも、別にそこまでこだわりがなかったから。

＊

　とはいえ、年末の忙しさは半端なかった。イブの前々日からはじまり、二十三、二十四、そして今日、クリスマス本番まで店はずっとバタバタしていた。

「やっと当日になったわね。ていうかもう、クリスマスに飽きたんだけど」

昼間担当の主婦のヒトが、ケーキの伝票を見てため息をつく。

「ですよね」

昨今の流行《はや》りに乗って、この店も十一月末あたりからずっとクリスマスのキャンペーンをやっている。クリスマスデザートに、クリスマススピードくじ、最後はもうやけのようにクリスマス弁当とかいうのまであった。

「もうさ、目が赤と緑と金色を拒否してるのよ」

「僕は『クリスマス』ってカタカナでお腹《なか》いっぱいです」

「わかるわあ。なのに、主婦はここからの一週間がもっとつらいの。クリスマスが終わったらすぐにお正月の支度。おせち作りも大掃除も年賀状の用意も、大晦日《おおみそか》までに終わらせろなんてどんな無茶ぶりだっての」

「しかも、そこにバイトが入ってますもんね」

「そうよ。その上子供は家にお友達呼んで、クリスマスパーティーしたいとか言うし。なんかもう死にそう」

「……お疲れさまです」

　とりあえず僕は、もし生まれ変わっても主婦にだけはなりたくない。というか、なれない。スキル的に。

「あ、ところでタカナくんは家のパーティーだったらなに食べたい？」

不意にたずねられて、僕は悩んだ。クリスマスに食べたいもの。それはやっぱりローストチキンとかなんだろうけど、それを作れとは言えないし。だとしたら。

「え？　家ですか？　そうですね、やっぱからあげ的なものとか？」

あ、ケンタッキーもいいですよね。僕の言葉に、彼女はうんうんとうなずく。

「そうよね。やっぱ男子はケンタで充分よね」

バーレル買って帰ろ。彼女はケーキの伝票を処理すると、テンチョーのハンコを貰いに事務所へ入っていった。

今は昼過ぎ。そのせいか、まだ雰囲気に余裕がある。おせち作りも大掃除も縁のない僕は、窓の外に立つおっさんをちらりと見た。そろそろ、交代の時間だ。

レジカウンターの内側にある棚から、サンタ帽を取り出す。そしてそれをかぶると、カウンターの端から出て、外のおっさんに声をかける。

「代わりまーす」

「遅いよー」

くるりと振り向いたおっさんは、ぬいぐるみのようなトナカイの顔がついた帽子をかぶっている。似合わないこと山の如しだが、おっさんは気にしない。

「遅くないです。時計を見てみて下さい」

そうお？と言いながらトナカイ頭のおっさんは店内に入っていく。おっさんがレジについたのを確認すると、僕は店の外に置かれた折りたたみテーブルの前に立った。ケーキの箱と、あげチキの入った保温ケース。どこの街でも見かける、クリスマス駆け込み需要を狙ったあれだ。ちなみにケーキの箱はほとんどがダミーで、本物は見本用ともう一つくらいしか置いていない。

「いくら寒いっていっても、生クリームだし」

傷んじゃったらやばいでしょ、というテンチョーの方針は、間違ってはいない。けど、そもそも自由販売用に仕入れたケーキは、ノルマ最低限の十台。だったらもう、出しといてもいいんじゃないかなと思ったりもする。なぜなら今日は、ものすごく寒いから。

一応、制服であるシャツの下に薄手のフリースとヒートテックは着ている。でもこの暖かさは、あまり持たない。こういう服は発汗が作用しているから、自分が動かないと暖かくならないのだ。

だから早く売り切ってしまいたい。というわけで、声を出す。得意じゃないけど、しょうがない。

「いらっしゃいませー！パーティーに、買い忘れはありませんかー？ケーキにチキン、店内にはワインやビールもございます！」

でもまだ明るいし、売れないだろうな。そう思いながら、僕は人が通りかかるタイミングで声を出す。すると、買い物カートをひっぱったおばあさんが近づいてくる。

「このケーキ、おいしいの？」

また微妙な質問を。

「はい、おいしいです。本物の生クリームを使ってますし、イチゴも載ってます」

「あら、そう」

これは一応、嘘じゃない。デパートやケーキ屋さんで売っているのと比べたら劣るかもしれないけど、冷凍で届くケーキはそれなりの味だ。去年、売れ残りを食べたとき素直に「おいしい」って思えたし。

ただ、それが疲労と寒さからくる錯覚だという側面も否定はできない。

「じゃあひとつ、貰おうかしら」

「ありがとうございます」

「なんかね。毎年やめようって思うのよ。クリスマスにケーキを買うなんて。子供も孫も大人になって、こっちに来るわけじゃなし」

おばあさんは財布から千円札を取り出すと、僕に向かって差し出す。

「出先で我慢して、駅前の誘惑もはねのけて、でもなんか、最後の最後に負けちゃうのよ。くやしいことにね」

「すいません」

「そうね。今年はあなたのせい。あなたみたいに若い子が、外で一生懸命頑張ってるのを見ると、なんか買わなきゃって思っちゃうのよ」

ほら、よく映画とかで見るでしょう。クリスマスにはいいことをしなきゃって。おばあさんはカートの一番上にケーキの箱をそっと載せると、にっこりと笑った。

「よいクリスマスをね」

「ありがとうございます！」

僕はおばあさんに向かって、深く頭を下げた。ちなみにあの人は、去年も僕のせいでケーキを買っている。向こうは覚えてないみたいだけど。

これでケーキは九台。おっさんが立っている間は、時間も早かったから売れていない。でも時間が遅くなったところで、愛想と労働意欲に欠けたおっさんがこれを売り切れるとも思わない。そしてケーキが残っている限り、僕とおっさんは交代で外に立たねばならないのだ。

(いや、今日はマジ無理だって)

白い息を吐きながら、僕は手をあげチキの保温ケースに近づける。

ちなみにテンチョーは、ここぞとばかりに店長権限を利用してほぼ外に立つことはない。けれどこの件に関してだけは、愚痴だらけのおっさんも珍しく文句を言わない。なぜならテンチョーは、見た目がものすごく残念なヒトなのだ。

ブサイクとか、そういうんじゃない。痩せてて、自信がなくて、声が高くて、ちょっと薄毛で、似合ってない眼鏡で、猫背。一個一個はたいした問題じゃないのに、それが揃った瞬間、ものすごい技が錬成されてしまっているという奇跡のヒト。それがテンチョーだ。

ちなみに、近所の子供は陰でテンチョーのことを『貧乏神』と呼んでいる。

(いいヒトなんだけどな)

バイトの扱いは悪くないし、お客さんへの接客もマニュアル通り。ただ、どうにもダークマターが漂ってしまう。そしてクリスマスに、貧乏神からケーキを買おうという奇特な人は——たぶん、いない。

「あのう」

僕が足踏みをしていると、目の前にお客さんが立った。

「はい。いらっしゃいませ！」

「ローストチキンの受け取りって、こっちでいいんですか？」

予約の伝票を見せられて、僕は店内を示す。

「ありがとうございます。受け取りはあちらのカウンターになってます」

お客さんの姿を見送って、僕は心の中で拍手する。早めに取りに来てくれて、あなたは偉い！

ローストチキンは、ケーキと同じ自由販売枠の商品だ。いわゆる鶏の丸焼きだけど、さすがに家で焼くのは面倒らしく、案外売れ行きがいい。ただ、こちらは完全なる受注生産なので代金も予約の時点で支払い済み。後は取りに来てもらうだけという、楽なものだ。

しかし、こっちはこっちで別の問題がある。それは「取りに来ない」というケース。純粋に忘れている人もいれば、消費期限を過ぎた後に取りに来て怒りだす人なんかもいる。会計は済んでるから店に実質的な被害はないんだけど、ビビりのテンチョーにとっては、やっかいな商品という認識でしかない。

「もう来た？」「あといくつ？」「今何時だっけ？」

そんな会話が、イブからずっと繰り返されている。でも、それも今夜で終わりだ。

ちなみに、注文を受ける時点からテンチョーのビビりは発動している。

「タカナくん。何度も言うようだけど、連絡先だけはちゃんと書いてもらって。家電《いえでん》じゃなくて、携帯やスマホでね。確実につながる方ってこと」

「はい」

去年は、家電だと思ったら会社の番号を書いていた人がいて、チキンが一つ残ってしまった。それがトラウマになっているんだろう。

「あのさあテンチョー。取りに来なかったら、食っちゃえばいいだけでしょ」

あからさまなおっさんの意見に、テンチョーは目を剝《む》く。そうすると余計、輪郭のガイコツっぽさが際立つ。

「駄目だ。お金をいただいているのに、そんなことできないよ」

「じゃあずっと来なかったら、捨てるの？　食べ物を？」

「それは——」

テンチョーはビビりだが、生真面目なヒトでもある。だから食べ物を捨てるのも苦手なのだ。だのになぜ、食品の廃棄とは縁が切れないコンビニを職業として選んだのか。

「『モッタイナイ』デスネー。ニホンジン、まだ食べられる、捨てる、オカシイネー」

「……長内さん、いい加減にして」

「オー、テンチョーコワイネー」

もはやどこの国の人なのかわからないイントネーションで、おっさんがへらへら笑う。こんな態度で首にならないのは、テンチョーがビビりなせいか、おっさんに僕の知らない特殊技能があるのか。

『ビビりの方に、百万点』

ちなみに僕を含め、アルバイト全員が同じ意見だったので賭《か》けは成立しなかった。

「とにかくね、予定の時間を過ぎたらぼくに報告して」

「はいはーい」

「あと長内さん。ケーキもあげチキもだけど、残り一個になったからって値段を下げるのは駄目だからね」

「わかってまーす」

絶対わかってないし、たぶん前科があると見た。

*

あたりが薄暗くなりはじめた頃、販売のピークがおとずれる。ちょうど小腹が空いた時間帯。家へ帰る人たちに、最後の一押しをするのだ。

テンチョー命令で、僕とおっさんは並んで外に立つ。だらしないトナカイと、制服にサンタ帽の僕。売れる要素のない組み合わせではあるが、とりあえず声を出す。

「いらっしゃいませー。チキンの買い忘れはありませんかー？　ビールやジュースも冷えてまーす」

するとその後をひきとるように、おっさんが続けた。

「多めに買っても、明日また食べられるから楽でーす。ケーキが余っても、数日かけて食べられるからお得ぅ！」

なんか色々違う気がするけど、声が出てるだけマシか。そうしているうちにぽつぽつとあげチキが売れ、ケーキも何台か売れた。そんな中、テンチョーが慌てた雰囲気で店内から出てくる。

「た、タカナくん、長内さん」

「どうしたんです？　レジの応援ですか」

「いや、今店内にお客さんはいない。じゃなくて、大変だよ」

「え？」

「地域の防災メールが来たんだけどね。サンタクロースが出たらしい」

「はい？」

サンタって「出た」って表現するものだっけ。ていうかそもそも、防災メールって。

「クリスマスなんだし、そりゃあ出るかもですねえ」

おっさんの言葉に、僕は思わずうなずく。しかしテンチョーは、ただでさえ陰気な顔をさらに歪めた。

「違うんだよ。正しくは、サンタクロース姿の不審者が、鉈《なた》を持ってこの近所をうろついてるらしい」

「え？　鉈って、でかい包丁みたいなあれですか？」

僕の質問に、テンチョーはがくがくうなずく。

「ついさっき、町内で鉈を下げて歩いてる姿が目撃されたんだって。だから注意して下さいって」

「注意ってことは、まだ事件とかじゃないんですね」

「そうだね。でも鉈になにか付いてたって言ってる人もいるんだって」

「それって、血？」

おっさんのストレートすぎるぶっ込みに、テンチョーは表情を強《こわ》ばらせた。しょうがないので、僕はフォローに回る。

「血なら血って言うでしょう。言わないってことは、泥とか汚れなんじゃないですか。農作業帰りみたいな」

「そう、だね……」

「えー？　でもサンタのカッコで畑に行かないでしょ。絶対なんか事件、決定っすよ」

おっさんを嫌そうな顔で見ながら、テンチョーはぶるりと体を震わせた。

「――もしなんでもなくても、用心はしておこう。二人は、そういう奴を見かけたらすぐ教えて。あと、万が一逃げてきた人がいたら、すみやかに助けて警察に通報すること」

「鉈サンタが、あげチキ買いに来るんすかね」

「万が一、って言ってるでしょ」

「へーい」

気の抜けたおっさんの返事に、軽くため息をつきながらテンチョーは店の中に戻った。

告げられた情報がシュールすぎて、うまく整理できない。

「でもサンタの恰好した奴なんて、そこら中にいるよねえ」

「ですよね。ピザとか寿司とか、デリバリー系はみんな着てますし」

「鉈を隠されたら、わっかんないよねえ」

今その辺、歩いてたりして。おっさんは冗談を言いながら、ふと首を傾げた。

「そう言えば、前に変質者の事件があったな」

「え？　そうなんですか？」

不審者の情報はよく聞くけど、幸か不幸か実際の事件に遭遇したことはない。

「んー、結構前だけどね。近くの塾の女の子が狙われて、それを助けようとした男の子も襲われて、大騒ぎになったみたいだよ」

「それで、犯人は」

「捕まったんじゃないかなあ。詳しくは知らないけど」

「そこ、一番重要なポイントじゃないですか」

まさかとは思うけど、同一人物だったりしないよな。そんなことをちらりと思う。顔バレしないように、サンタの仮装でごまかしてるとか。

「あ。タカナくん、もうすぐ休憩じゃない？」

思い出したように、おっさんが僕の方を見る。

「弁当で残ってるの、チキンソテーの載ったパスタとカツ丼だったよねぇ」

すごい笑顔。ていうか、圧がすごい。

「……パスタにします」

「そっか！　やっぱタカナくんとのシフトはいいなあ。うん。俺と気が合ってるよ」

「でも、一人で大丈夫ですか」

「まあしょうがないんじゃない？　そこにテンチョーもいるし、ヘンな奴見かけたら大声出すから」

実際問題、この明るいコンビニの前、それもトナカイ頭のおっさんに不審者が近寄るとは思えない。もし来たとしたら、そいつは不審者じゃなくて、ただのトナカイを失ったサンタだろう。

バックヤードに入ると、休憩用のテーブルの上に売り物の弁当が載っている。これはあと数時間で、廃棄処分になる予定のものだ。こういう売れ残り品は、本当なら新しい弁当の到着と同時に引き取ってもらい、本部に回収される。しかしこの店では、テンチョーの好意で夜シフトの夜食として出されている。

パスタを電子レンジに突っ込んで、出来上がるのを待つ間スマホを手に取った。そしてSNSの検索窓に『鉈サンタ』と打ち込んでみる。すると、目撃情報が何件か出てきた。

『サンタが刀下げてる？』

『道で鉈下げてる奴いた。サンタコスなのに、なんで？』

『防災メールの刃物持ったサンタって、あれかな。道の先歩いてる。二丁目五番地あたり。近所の方は要注意！』

二丁目五番地。思わず僕はスマホで現在位置を確認する。

「――二丁目、三番地」

ものすごく、近い。

（でも、別に人を傷つけてるわけじゃないし）

安心したくて、自分に言い聞かせる。とはいえ、やっぱりちょっと不気味だ。

そのとき、いきなりスマホが震えた。

「うわっ！」

ビビって、取り落としそうになる。画面を見ると、帰省中の友人からのＬＩＮＥだった。

『悲報・地元でクリパしようとしたのに、女子集まらず』

なんだそれ。ていうかびっくりさせんなよ。僕は『残念！』と打ち込んだ。すると、友人の悲痛な叫びが連投されてくる。

『クリパが、なぜか野郎だけのホラー映画祭りに変更』

『殺人サンタ他二本』

『ちな俺ビビり。ホラー苦手』

僕は笑いを噛み殺しながら、レンジを開けてパスタを取り出した。

『ホラー上等。こっちはリアル殺人サンタが近所を徘徊《はいかい》中！』

そう返すと、びっくりマークとともにメッセージが表示された。

『ホームセンターに走れ！』

いやそれゾンビ映画のテンプレだから。それにそもそも、この近所にホームセンターはないんだけど。

『今バイト中だし』と送ると、『ホムセンもコンビニも似たようなもんだろ』と言われた。でもホームセンターに比べて、武器っぽいものが圧倒的に少ない。ここは住宅街にある店だけに、品揃えは広く浅く。チェーンソーやロープの代わりになりそうなのは、文具のカッターと荷造り紐《ひも》ってところか。

スマホを横目で見ながら、パスタのラップを剝がす。蓋《ふた》を開けると、トマトソースの上にチキンが載り、さらにバジルソースがかけてあった。もういい加減見飽きた、赤と緑のクリスマスカラー。

チキンにぐさりとフォークを刺して、口に運ぶ。フツーにうまい。ああ、チキンだなって味。

(そういえば、まだ残ってたっけ)

ローストチキンを予約した人たちは、パーティーに備えたのか、わりと早めに引き取りに来ている。でも、まだ来ていないのが二つ。一つはさっき連絡があって、仕事が押したせいで遅れるとのこと。それはいい。問題は、もう一つの方だ。

(来なかったりして)

時計は、九時を指している。伝票の写しを見ると、予定していた来店時間は六時。これはちょっと、まずい。僕は立ち上がると、レジにいるテンチョーに声をかけた。

「テンチョー、このお客さんに電話かけましたか?」

伝票の写しを見せると、テンチョーは軽くうなずく。

「八時に一度かけたよ。留守電にメッセージは残したけど、返事はなし。嫌な感じだよねえ」

「これ、いつまで待つんですか。消費期限は今日の十二時って書いてありますけど」

「……時間過ぎたら、売っちゃいけないからね。それまでに電話来たら考えるけど」

テンチョーがどんよりとした表情を浮かべたそのとき、店に電話がかかってきた。

反射的に受話器を取ったテンチョーの顔が、ぱっと明るくなる。これはきっと、伝票の主に違いない。

しかし、テンチョーはいきなり慌てはじめた。

『え？　いえ、そんなその、こちらとしましても――』

『そう言われましても、本社の規定では――』

『お客さま⁉』

すがりつくように受話器を握っていたテンチョーが、がくりと肩を落とす。希望からの絶望って感じ。ジェットコースター感ハンパないわ。

「どうしたんですか」

「この伝票のお客さまだったんだけどね……。ひと言でいえばキャンセルだよ」

やっぱり。ちょっとそんな予感はしてた。

「代金を返せとか、そういう電話でしたか」

「いや。そうじゃない。むしろちゃんとした人で、取りに行けなくて申し訳ないと謝ってくれたよ。ただ……」

「ただ？」

「ただ、『もったいないから、お店のみんなで食べて！　メリークリスマス！』って電話が切れたんだよ……」

なんて陽気なキャンセルだ。でも、微妙。

「確かに消費期限前だし、夜の弁当と同じようにすればいいのかもしれないんだけどさ……」

ものが大きすぎて、どうしていいかわからないよ。テンチョーはつぶやく。

「あ、タカナくん。君、家に持って帰らない？」

「いや。うち、核家族なんで。親もそう食べる方じゃないし」

「そっか」

ちなみにテンチョーとおっさんは独身で、二人とも一人暮らし。

「明日交代に来る人はどうですかね？」

「うーん、そうだね」

シフト表を見て、テンチョーは再度ため息をつく。明日の昼間は帰省間際の学生バイトで、もらってくれそうな主婦のヒトは休みだった。

「おっさん――長内さんなら一人でも食べてくれそうですけど」

「食べるだろうけど、期限切れても食べ続けたり、調子に乗って量食べて、結果バイトを休まれそうで……」

それはわかる。そしてこの先に控える大晦日の夜間シフトは、テンチョーとおっさんの二人きりなのだ。リスク回避として、おっさんに丸鶏を渡すわけにはいかない。

「じゃあ、切り分けるとか」

「冷静に考えるとね。でもうち、包丁とか置いてないんだよね」

スーパーだったら長いネギを切るとか、そういう理由で置いてることもあるんだけど。テンチョーは目を閉じてうーんとうなる。

「カッターで切るのも危ないしなあ」

「やっぱ廃棄、ですかね」

「それが一番面倒がないんだけどさ。お弁当とかより、もったいないって感じが強いんだよね」

鶏の形、してるせいかな。テンチョーは肩こりをほぐすように、伸びをする。

「まあ、とりあえず回収は朝だし、しばらく考えるよ」

テンチョーの言葉にうなずいて、僕はバックヤードに戻った。

＊

最後のケーキが、ようやくはけた。

時間は十一時。僕はかじかんだ手に息を吐きかけながら、テーブルを片付ける。

「そういえばチキン、キャンセルが出たんだって？」

店内に戻ると、休憩を終えたおっさんが声をかけてきた。

「さっき、テンチョー悩んでましたよ。分ければいいんだろうけど、包丁ないし、廃棄かって」

「マジ!? もったいないでしょ。食べようよ！」

「——ひと口ずつ、かぶりついて回し食いですかね」

そんな僕を、おっさんは呆《あき》れたような表情で見る。

「タカナくんさあ、もしかして料理とか苦手？」

「はい？」

「だってローストチキンって、鶏の丸焼きでしょ。そしたら最低限、脚のところはもげるんじゃないの」

おっさんは何かをぐるぐる回すジェスチャーをした。ええと、回すと脚は取れるものなのかな。

「二人は鶏のモモを食べて、一人は胴体持ち帰りで問題ナッシング。でしょ？」

死語のギャグをとばして、おっさんは笑う。

それを伝えると、テンチョーの顔がぱっと明るくなった。

「そうか。長内さんもたまにはいいこと言うね」

じゃあちょっとやってみようか。テンチョーはカウンターの端にあったチキンの箱を持ってくる。

ビニールの風呂敷をほどくと、すぐにいい香りがした。ニンニクとかハーブとか、そういう匂いと、肉が直火で焼けた匂い。そして箱を触ると、ほんのりと熱を感じた。

「まだ、あったかいんですね」

「うん。作り立てを工場から送ってきてるからね。理屈としては、そこらへんの肉屋さんで買って来るのと変わらないよ」

白い箱を開けると、さらに保温のための内箱が見えてくる。そしてそれを開けると、ようやくチキンが姿を現す。

「そういえば、皿がないですけど」

「大丈夫だよ。これ、もともと大きな皿に載ってるから」

下の紙ごと引きずり出すと、確かにチキンは銀色のプラスチックトレーに載っていた。

「にしても、大きいね」

「……ご注文は、Ｌサイズでしたから」

言いながら、僕はごくりとつばを呑み込んだ。


初めて見た。

いや、テレビや絵では見たことあるし、なんならどこかの店先でも見たことはある。

ただ、こうして目の前で皿に載っているのを、まじまじと見たことはなかった。テンチョーの言うように、大きい。そして茶色い。上の方からは、ほんのりと湯気が上がっている。

「うわー……」

ローストチキン、なんて軽い感じじゃない。鶏の丸焼き、って言葉が似合う。

脚の先には白い紙でできた飾りがついていて、これがまたマンガでしか見たことがないっていうレベル。

なんか妙に嬉しい。テンションが上がる。これは、でかい肉の効果なのか。ていうか、すっごい食べたい。食べてみたい。

（いやいや、味は別にモモ焼きと変わんないって）

理性の部分がそう囁《ささや》くけど、野性の部分は納得しない。

（——食べてみたい！）

塊の肉。というよりは、死んだ形のままの肉。丸ごとの、肉。

「こうして見ると、やっぱりおいしそうだね。捨てるのはやめよう」

テンチョーの言葉に、僕は心からうなずく。こんなすごいもの、捨てるなんて考えられない。

「さて。まずはモモを取ってみようか」

さすがに素手はどうかと思ったらしく、テンチョーは調理の際に使う薄手のゴム手袋を持ってくる。

「タカナくんは、お皿を押さえといてね」

言われるがままに、僕は銀の皿に手をかけた。そしてテンチョーが飾りのついた脚を摑んで、いきなりぐりんとひねる。

ごきり、という音が肉の中から聞こえた。

（うわ）

なんか痛そう。つかリアルに骨折音だ。

けれどテンチョーはかまわず、脚の付け根をぐりぐりとひねりまくる。

「あれ。取れないなあ」

　付け根まわりの肉は、剝がれるというか取れている。なのになぜか、脚が外れない。あれ？　あれ？　と言いながら、テンチョーは脚を回し続ける。でも、外れない。

「ごめん、タカナくん。ちょっと長内さん呼んできてくれない」

「え？」

「あのヒト、ぼくより詳しそうだから。それでさ、二人で頑張ってみてよ」

　そう言って、テンチョーはゴム手袋を外す。

　事務所に入ってきたおっさんは脚を引っ張ってみて、軽くうなずいた。

「あー、これは腱《けん》だよ、腱」

「けん？」

「そう。腕の腱とかと同じ、あれ。骨と骨をつないでる、靭帯《じんたい》みたいな」

　おっさんの指し示すところを覗き込むと、骨から白い紐のようなものが伸びている。

「これは回しても、ねじれるだけで切れないだろうね。切れたら、腱断裂だよ」

「生々しいですね」

「ほらほら、これなんか血管」

　腱の側にある細いものを指さして、おっさんがにやにや笑う。しかし付け根を覗き込むと、急に眉間《みけん》に皺《しわ》を寄せた。

「あれ。もしかしてこれ、生焼けじゃないのかなあ」

「え?」

「だってこれ、見てよ。関節のとこ、赤いじゃん。でもってこんなにスジが切れにくいって、火が通ってない証拠だよ」

「それって、食べられないってことですか?」

「まあ、肉が赤くなきゃ外側は食べられるよ。でも、生っぽいと解体は難しいだろうねえ」

　そんなもんですか。僕がつぶやくと、おっさんは再びにやにや笑う。

「肉っていうのはさあ、煮えてタンパク質が縮むから、骨から離れるわけじゃない? それが煮えてないと、剝がれないよね。料理以前に、死体の筋組織としてはさ」

「表現がリアルすぎですって」

　生々しいより、気持ち悪いに針が振れてますから。口は確かにそう言っているのに、僕の目は肉塊に釘《くぎ》付けだ。ああ、早く食べたい。

「つまり、どうしたら食べられるんです?」

　僕の言葉に、おっさんは口ごもる。

「だから——つまりあれだよ。やっぱ包丁がいるってこと」

　でもここに包丁はないし、買いに行こうにも他の店は閉まってる。

「これ、引っ張りまくったらどうなりますか」

僕は腱だけでぶらりとつながった脚を指さす。

「取れるかなあ。でもそれ以前に、持ってる脚の肉と骨が分離しそう」

「じゃあ、このまま齧るとか」

「――タカナくん、いつからそんなにワイルドになったの」

俺じゃあるまいし。おっさんは苦笑いを浮かべると、肉の側を離れた。

でも僕は、離れられない。

まるで運命の恋人と、初めて目が合ったように。


お腹が空いてるわけじゃない。なのに、なんでこんなに食べたいんだろう？

自分でもちょっと不思議なくらい、僕はローストチキンに魅《ひ》かれていた。

そもそも自分の人生を振り返ってみると、僕は大きな肉をあんまり食べたことがない。ローストビーフはすでに切られたぺらぺらのものしか知らないし、ステーキでも肉は小さく切られていた。

（――三人家族、っていうのもあるかな）

でも家族以外の、たとえば体操クラブとか地域の行事でも、そういうのを経験したことがない。そっちは予算的に無理だったんだろうと思うけど。

だから、食べてみたい。とにかく一度、体験してみたい。

ローストチキンは、僕の視界をそれ一色に染めた。

おっさんと入れ替わりに戻ってきたテンチョーは、変化のないローストチキンを見て大きなため息をつく。

「取れなかったか。でも長内さんの言う通りだとしたら、生焼けを売らなくてよかったよ」

「そうですね」

「クリスマスに食中毒とか、洒落にならないしね。そうじゃなくても、クレームは避けられないだろうし」

脚の付け根を覗き込んで、テンチョーはつぶやく。

「——もし中の肉が赤かったら、ぼくたちだって食べるわけにはいかないよ」

「ええ!?」

「だって生の鶏肉を食べるわけにはいかないでしょ」

信じられない。こんなにおいしそうな匂いがしているのに。

「でも表面は焼けてますよね。そこをそいで食べれば……」

「その、そぐ道具がないんじゃない」

　そうだった。だったら丸のままで持ち帰りたいと切り出してみると、ビビりのテンチョーはそれも駄目だと言った。

「だってタカナくんが帰る頃には、そもそも消費期限が切れてるんだよ？　しかも生焼けで、ってヤバすぎるでしょ」

「うちでしっかり火を通しますから」

「菌が増えた後で加熱しても、お腹は壊すんじゃないかなあ」

「壊しても自己責任ですし、絶対文句なんて言いませんから」

「それはいいけど、タカナくん。明日もシフト入ってるじゃない。そっちを休まれたら、ぼくとしては最高に困るんだよ」

　ああ言ってもこう言っても、テンチョーはオッケーしてくれない。苛々してきた僕は、いっそこの場で犬のように噛みついてやろうかとさえ思う。

「にしてもさ、別にそこまでして食べなくてもいいんじゃない」

　そのテンチョーの言葉を聞いて、僕は思わず叫んだ。

「いえ。絶対。どうやっても絶対食べたいんです！」

　テンチョーが、びっくりしたような顔でこっちを見ている。それもそのはず。だって、言ってる僕自身が信じられない。

　僕は基本「別にそこまで」のはずだったのに。

「なに騒いでんの？」

レジの方から、おっさんの顔がちらりとのぞく。

「あ、すいません。大きな声出しちゃって」

僕は慌てて頭を下げる。

「いいよ。それよりタカナくん、そんなにこれが食べたいの？」

テンチョーの質問に、僕はがくがくとうなずく。

「食べたいです。すごく。あの僕、こういう大きいの、食べたことなくて」

言いながら、なんて頭の悪そうな発言だと思う。これじゃまるで、貧乏な家の子供だ。テンチョーはそういう方向で受け取ったのか、ふと悲しそうな表情になる。

「そっか。じゃあ、食べられるようになんとかしてみるよ。タカナくんは、店内の欠品チェックと品出しをお願いできる？」

ものすごい同情されてる。違うんだけど、でも、言ってることは本当だし。

「はい。ありがとうございます」

とりあえず食べさせてもらえそうなので、僕は深々と頭を下げた。

＊

もうすぐ十二時。お客の姿はまばらで、たまにドアが開くたびおっさんが小さな声で「さむっ」とつぶやく。クリスマスが終わったのにトナカイをかぶり続けてるのは、ただの防寒対策だろう。

僕は通路に出て、チェックをはじめる。ビールにジュース、アイスにプリン。乾きものではポテチと、いかにもパーティー&飲み会向けなものがよく売れている。意外なところでは、冷凍うどん。風邪をひいている人も多いのかもしれない。

売れたものを補充するために、バックヤードから商品の箱を持ってくる。スナック系はともかく冷凍系はとにかく重くて、ちょっとした鈍器だなと思う。

「あのさあ、結局チキンはどうなったの？」

お客のいなくなった時を見計らって、おっさんが話しかけてきた。と同時に、丸焼きのことを思い出してたまらない気分になる。

「テンチョーがなんとかするって言ってくれました」

「てかさ、なんでそんな食べたいの？」

そこを突っ込まれて、僕は言葉に詰まる。

「えっとその、食べたことがないんですよね。ああいうでっかいの」

「へえ。タカナくん、いいとこの子っぽいのに」

「別にいいとこの子じゃありませんよ」

「じゃああれ？　一人っ子？」

「えっ？」

どきっとした。

「だってタカナくん、料理とかしたことなさそうだったし」

「料理しないと、一人っ子なんですか」

言い当てられたようで、気分が悪い。

「いやあ、そういうんじゃないけどさ。なんか、生々しくない生活っていうか、お皿に載っけてもらったぶんだけ食べて生きてきた、みたいな感じがするんだよ」

「――へえ」

当たっているだけに、何も言えない。

「満たされた都会の坊ちゃん、って言っていいのかな。タカナくん、お洒落な場所もださい場所も、フラットに行くじゃない？」

「まあ――それはそうですけど」

「そのこだわりのなさが、逆にすごいよね。手に入れられる圏内になんでもあったから、強い欲望がない感じ」

でも、都会に生まれたのは僕のせいじゃない。

「俺はさあ、生々しい生活だったからねえ。魚も肉も、摑んだし切ったよ。そういう手の臭さとか、知らないでしょ」

「——知りません」

腱がどうとか、関節とか、知らなかった。頭では、知ってたはずなのに。

なんとなくくやしい気分の僕を尻目《しりめ》に、おっさんはしみじみ語り続ける。

「まあ俺くらいになるとね、リアルライフが行き詰まるっていうか、どん底っていうか、ちょっとブンガクだよね。生活ってさ、突き詰めるとジンセイなわけじゃん？　関節だって、ダシが出るじゃん？」

「——はあ」

「丸鶏に捨てるとこなしっていうか、ジンセイ捨てるべからずっていうか、ね？」

なんだか、だんだんよくわからなくなってきた。

「捨ててこそ浮かぶ背脂、みたいな捉《とら》え方もあるけどさあ」

「ごめんなさい。意味わかんないです」

僕が降参のポーズで手を挙げると、おっさんは「そお？」と言って首を傾げる。

でも、生々しさを知らないのは本当だ。

（浅くて広くて便利なのは、いいことだと思ってたけど——）

なんかちょっと、違うのかもしれない。そんなことを考えていると、奥からテンチョーの声が聞こえた。

『タカナくーん、なんとかなりそうだよー!』

「マジすか!」

思わず声を上げると同時に、自動ドアの開く音が響いた。冷たい風がひゅっと脇を通り、おっさんがお約束のように「さむっ」とつぶやく。

「いらっしゃいませー」

反射的に言って、僕は商品チェック用のタブレットに目を落とす。お客が来たんだから、私語は慎まねば。

しかし、妙に静かだった。レジの音もしないし、歩き回ってる雰囲気もない。

(立ち読みでもしてるのかな)

クリスマスの夜に、暇な人だな。僕は自分のことを棚に上げつつ、雑誌コーナーにちらりと目をやった。が、そこに人の姿はない。

(あれ?)

じゃあなにか選んでるのかな。万引き防止用の店内ミラーを見上げると、レジ前に立っている人が見えた。全身が、赤い。

(……デリバリー中の休憩?)

煙草の銘柄で悩んでるのか、それとももしかして、気分でも悪いのか。お喋りなおっさんが黙ってるのも、ちょっと気にかかる。そこで僕はレジに向かって、歩きながら声をかけた。

「あのう」

まず最初に目に入ったのは、こっちを見るおっさんの顔。目がまん丸に見開かれて、口が「いー」の形に歪んでる。

「なにかお探し――」

そのお客を見た瞬間、僕の目も見開かれた。

手に、鉈っぽいものを持っていたのだ。

＊

サンタクロースが、レジの前に立っている。

その人物は口ひげまでつけて、人相がわからなかった。でも体格的に、たぶん男。

そしてその手に、鉈を持っている。

（えっと）

とりあえず今は、男は立っているだけで何もしていない。けれど、鉈は目撃情報と同じで、なにか得体の知れない液体で濡れている。

（血、なのかな）

赤っぽいけど、本当にそうなのか。

男が、ゆっくりとこちらを振り向く。やばい。なのに身体は、金縛りにあったみたいに動かない。僕は、やはり同じ状態のおっさんに向かって、必死に目配せをする。

（防犯ボタンを――！）

レジの内側には、銀行のカウンターにあるような、防犯ボタンというのがある。それを押すと派手な音が鳴り、奥にいるテンチョーに異常を知らせる。

けれど、凍りついたように立ち尽くすおっさんは、指先ひとつ動かせない。

（せめて、テンチョーに伝われば）

そう思うものの僕はレジの外だし、なにより下手に動いたら、鉈でやられそうな雰囲気がある。

誰も何も言わない。そんな中、店内に流れる有線の音楽だけが、やけに明るいメロディーを奏でている。

（……どうしよう）

そのとき、男が僕に向かってゆっくり鉈を振り上げた。威嚇か、それとも本当にやる気か。

「タカナくん！」

おっさんの叫び声が、やけに遠くに聞こえた。

（やられる）

床に張りついたような足を、必死の思いで動かす。数歩後ろに下がったところで、鉈がぶんと空を切った。本気だ。

（まだ鶏の丸焼き食ってないのに）

死にたくない。ていうか殺人サンタってこのことかよ。僕は、必死に考える。このタブレットで、鉈は受け止めきれるんだろうか。

男が間合いを詰めてきた。そして再び、振り上げられる鉈。

（死にたくない！）

さらに後ろに下がろうとした僕は、通路に置いた商品の箱につまずく。そこへ、男が迫ってくる。

（死にたくない!!）

必死でかざしたタブレットに、ごきんという手応《てごた》え。見ると、液晶画面がまっぷたつに割れていた。もう、後がない。

サンタの口元が、笑っているように見えた。

（死ぬのかな）

三度目に鉈が振り上げられた瞬間、おっさんが叫んだ。

「やめろ——っ!!」

そしてそれと同時に、どこからか悲鳴が聞こえた。テンチョーの声だ。まさか、仲間がもう一人いるのか。

「うおお――っ！」

悲鳴が近づいてきたと思ったら、大きな声を上げながらテンチョーが店内に駆け込んできた。その姿を見て、僕はぎょっとする。その手が、真っ赤に濡れている。でもそれだけじゃない。そこには、大きめのハサミが握られていたのだ。

「テンチョー、まさか……！」

不審者を正当防衛でやっちゃったんじゃないのか。おっさんの声は、そんな疑問を含んでいる。

（これ、通報していいんだろうか）

逆にテンチョーが捕まってしまいそうな気がして、僕は混乱した。

はあはあと息を荒らげたまま、テンチョーがゆっくりと僕たちを見る。額に脂汗が浮かんで、少ない髪の毛が落ち武者のように張りついている。貧乏神と噂される顔にも血が飛び散っていて、その見た目は神というより、もはや悪魔の領域だ。

男は、そんなテンチョーを見てビビったのか後じさる。僕から離れ、レジの近く、つまり入口の方に移動していった。

テンチョーがぎらぎらした目で男に近づくと、男は思い出したように鉈を振り上げる。そこで僕は反射的に叫んだ。

「おっさん！　消毒薬！」

「えっ？　おう！」

おっさんは反射的に、容器に手を伸ばす。

「かけろ！」

僕の指示を理解したおっさんは、その容器を持ち上げ、ノズルを男の顔に向けて激しくプッシュした。

「うわっ!!」

アルコールが目にしみた男は、片手で顔のあたりを激しく拭《ぬぐ》う。僕はそのまま近くの冷凍ケースに手を入れ、お徳用のクラッシュアイスの袋を摑んだ。そして枕サイズのそれを、男の頭にぶつける。

「うおっ！」

男がよろめいたところで、さらに冷凍讃岐《さぬき》うどんの角張ったパックを投げつける。頭を庇《かば》おうとした男は、鉈を取り落とす。僕はそれを拾われないように、足もとに缶やペットボトルをがんがんぶつけて床を埋めた。

「いって！　いってえ！」

男がコーヒーの缶に足を滑らせ、床に倒れる。その上に、問答無用でハサミを手にしたままのテンチョーがまたがった。

「ひい……！」

今にも刺さりそうな、血まみれのハサミ。ぶるぶる震える、テンチョーの手。

「おとなしくしないと、手が滑ってしまいますから――」

サンタの上に、悪魔が馬乗り。

この上なくホラーな展開に、男は黙ってがくがくとうなずいた。

＊

その後、男の手をガムテープで縛ってからおっさんが警察と本社に通報した。あと、夜間救急の病院に連絡も。

「もう、すっごい痛いよ」

救急キットの包帯で手をぐるぐる巻きにしたテンチョーは、涙目でそう言った。

「タカナくんがどうしても食べたいっていうからさ、なんとか包丁を使わない方法を考えたんだよ。そしたらネットに調理鋏《ばさみ》って書いてあったんだ」

しかしここにあるのは調理鋏ではなく、梱包《こんぽう》を解くための大きめなハサミだった。

それでもなんとかなるだろうと肉にハサミを入れたテンチョーは、肉の脂で手を滑らせ、自分の手を切ってしまった。それがさっきの悲鳴というわけだ。

「もうさ、やばい血管切っちゃったと思ったよ。出血多量で死ぬんじゃないかって」

それでなんとかしてもらおうと店内に駆け込んだところを、鉈サンタと遭遇したと。

「明るくなったら救急窓口のある病院に行くから、あとはよろしくね」

早朝までそんなにお客も来ないし、二人で大丈夫でしょ。そう言われて僕はうなずく。

「その――すみませんでした」

「え？　なにが？」

「チキンです。僕が食べたいって言ったから、そんな怪我を」

「ああ、まあ結果論として、よかったからいいよ」

貧血のせいでさらにヤバくなった顔で、テンチョーは微笑む。その見た目は、もはや貧乏神というよりは、死神に見える。

一応繰り返しておくけど、テンチョーは本当にいいヒトだ。ほら、今はなんとか神に踏みとどまってるし。

テンチョーが病院に行ってから、僕らは店の後片付けをしていた。床をモップで拭きながら、おっさんがしみじみと言う。

「タカナくんってさあ、コンビニ店員の鑑《かがみ》だよねえ」

「なんでですか」

「袋入りの氷とうどんと缶飲料って、どれも汚れないいし、散らばらないいし、値段も安いじゃん。あの状態でよくこれをチョイスしたよねえ」

「冷凍ケースが近かっただけですよ」

「総菜とかお酒の瓶だったら、今頃ここはぐっちゃぐちゃだよ」

よっ、生きるコンビニ。コンビニそのもの。おっさんの適当な褒め言葉に苦笑しながら、僕はふと思う。そう言えば、「浅くて広くて便利」って、まさにコンビニそのものじゃないか。

なら、まあしょうがないか。

僕は笑いながら、床を勢いよく磨き上げた。

店内が片付いたところで、軽く休憩を取ろうということになった。

「夜はタカナくんが先だったから、先でいいよね?」

僕がうなずくと、おっさんはうきうきとバックヤードへ向かう。しかし次の瞬間、ものすごい悲鳴が聞こえてきた。

「たったた、タカナくん!」

奥から走り出てきたおっさんは、またもや目を見開いている。

「どうしたんですか⁉」

「超ホラー。惨殺現場だよ、あれ」

ちょっと見てきて。レジ立ってるから。そう言われて僕は、おそるおそる事務所の扉を開いた。するとそこには、見るも無惨に切り刻まれた血まみれの鶏が転がっていた。

どうやら例のハサミは本当に切れにくかったらしい。ギザギザの切り口を見て、僕はため息をつく。これはさすがに、食べられないか。

（でも、ちょっとだけなら）

血の付いていない切れ端を、僕は指でそっとつまみ上げる。

しょっぱい。ニンニクがきいてる。香ばしい。

それはよくある味で、よくあるおいしさ。

でも、初めての味だった。

僕はスマホを取り出して現場写真を撮ると、メッセージを添えて友達のＬＩＮＥに送った。

『鉈サンタＶＳ血まみれ貧乏神。死闘の結果』

すると明け方にもかかわらず、すぐにレスが返ってくる。
『なんだそれ（笑）。チキン失敗したのか？』
そんなとこ、と返すと爆笑マークが並んだ。
『したら、今度BBQやろうぜ。リベンジででかい肉』
サンキュー、と打って思う。にしても、よく起きてたな。
『ホラーで眠れなくなって、もう目から血が出そう！　いっそホムセンで寝たい』
僕は笑いながら、画面をタップする。
『ならコンビニで寝れば』
『布団ないし』
『防災用の毛布くらいは置いてるよ。つかホムセンより近くにあるだろ』
ちなみに武器は冷凍うどんな。そう送ると、さらに笑いのマークが連打される。
『食べ物には困らないしさ、いいよコンビニ』
浅くて広くて便利だよ。

羽のある肉

ついてない日っていうのはもう、なんとなくわかってたんだ。

まず朝、珍しく母親が寝坊した。それで朝めしを食べ損ねて、ずっと腹がへってた。なのに外はめちゃめちゃ暑くて、体力を削ってくる。

もともと、食べても腹にたまらないタイプだ。大食いってほどじゃないけど、よく「燃費が悪い奴だなあ」と言われてる。だから慌てて握られた塩むすびを一つ渡されたところで、焼け石に水。食った気がしない。落ち着かない。

(早く夏休みにならねえかな)

地面に落ちる濃い影を見ながら、うつむいて早足で歩く。なんもない。夏休みの予定とか、楽しげなこととか。友達がいないわけじゃないけど、今はなんかそういうことしてる感じじゃない的な奴も多いし。

夏なのに。

夏だよ！

大声に振り向くと、小学生の集団が走ってた。プールバッグをぶんぶん振り回して、すっげえハイテンション。わかるけど。でもうるせえぞ。蝉か。

給食は、やっぱり全然足りなかった。おかわりをしたかったけど、競争に負けた。食い終わらないと取りに行けないルール、いいかげん変えてほしい。量は食うけど、早食いは苦手なんだよ。

調子が狂ったまま進んでく一日。授業は頭の上を通り過ぎて、友達との会話でときどき目が覚める感じ。そんな中、ぼんやり窓の外を眺めてたら、クラスルームの委員決めで一番やりたくないやつを押しつけられた。新聞委員とか。

(なさすぎ。つか、向いてないし)

俺は本とかあんま読まないし、作文も得意じゃない。つまり、そういう方は向いてない。

にしてもむかつくのは、本当はクラスの中に新聞委員向きの奴がたくさんいたってこと。じゃあなんでそいつらが立候補しなかったかっていうと、受験のため。

うちは公立中だから、ほとんどの生徒が受験する。でもそれも色々で、ほぼ勉強しなくても入れる近所のどうでもいい高校から、立地の良さで人気の公立、有名大学付属の超勉強しないと入れないところまで、選択肢が多い。そういうわけで『三年はほぼ受験生』って前提があるから、中三の委員は一年通してじゃなくて、学期ごとの交代になってる。

で、一学期はまあどうでもいい。受験までまだ時間があるから、揉めることはあんまりない。飛んで三学期。三年は基本的に、委員活動をほぼ免除。つまり、もうどんな委員を選んでたって同じ。期間も短いし、おまけみたいなもんだ。

問題なのは、一学期の終わり。つまり二学期に活動する委員を決める時だ。

二学期のことなんだから、二学期になってから決めればいいはず。なのに、なぜか夏休み直前にその委員決めがある。たぶん、夏休み中まで含めると一学期の委員の期間が長くなるからってことだと思う。

で、その二学期の委員だけど。勉強したい奴は、もうとにかく面倒な委員を避けたい。夏期講習とかあるし、放課後や学校外で時間をとられる役なんてやってられない。反対に遊びたい奴は、中学最後の夏休みってことで、登校とか嫌でやっぱNG。そんな中、新聞委員は「取材」という名の課外活動と、「記事を書く」という時間の読めない拘束時間が不評で、誰もやりたがらなかった。

なのに、やっちまった。ぼんやりしてて、まわりの空気を忘れてた。

「立候補する人は、手をあげて下さーい……」

ってクラス委員が言ったまま、しーんと静まり返ってた教室。そこで「あー」って声を上げながら、伸びをしちゃったオレ。集まる注目。両手が、思いっきり上に。

そのチャンスを逃さず、喜んでみせる委員。

「あ、いま井上《いのうえ》くん、手挙げたよね？　ありがとう！」

「助かったよー」

ぱちぱちぱちぱち。感動的に拍手されて、断る空気じゃなくなる。俺はどんよりとした気持ちで、うなずくようにうつむいた。

ちなみに俺は勉強がそこまで得意じゃないから、下から二番目くらいの「ちょっと勉強すれば入れる、そこそこの高校」を目指してる。でもってそれをクラスの友達も知ってたから、断る理由がなかった。もともと、帰宅部だったし。

ついてない。マンガやアニメでありがちなオープニングのひと言。だけど七月の俺は、本当についてなかったんだ。

うんざりした気分で委員会の教室へ行くと、学年にかかわらず似たような表情の奴が半分。あと半分は、なりたくてなったって感じの奴が揃ってた。

当然、「なりたい」方の奴らが主導権を握って、話を進める。俺はとりあえず座ってるだけ。委員をやりたくないだけで、内容に駄目出しする気力もないし。

（つか、腹へった）

早く学校を出てなんか食いたいのに、こういう日に限って話が長い。そして顔合わせだけですむはずの会が、担当決めまで進んでさらに長くなる。

「三年生の方は、希望ありますか」

そう聞かれて、ああと思った。受験とかあるから、三年は優先的に好きな担当を選べるのだ。これは、ちょっとラッキー。

「俺は――記事書くのとか苦手なんだけど」

そう言うと、場を仕切ってた二年の女子がうなずく。

「だったら、写真担当でどうですか」

インタビューに行くのも嫌だし、紙面構成なんて考えたくもない。写真はまあ嫌いじゃないいし、一人で散歩してデータを送るだけなら。そう思ったので、引き受けることにした。

「あ、逆に私は記事の方がいいです。写真とか下手なんで」

そう言って手を上げたのは、同じ三年の女子。すると二年の女子が、嬉しそうにこっちを見る。

「ちょうどよかった。じゃあ、二人で協力して記事を作って下さい」

協力？　同じように思ったらしい三年の女子が、質問する。

「あの、協力って、何をしたらいいんですか。私は、記事を書くだけじゃないんですか？」

「えーと、もちろん記事だけなんですけど、元々は、写真と文は一人で担当するものなんですね。つまり、一人が見たり聞いたりしたことを、一つの記事にまとめるわけです。でも今回はそれが分かれているので、一緒に行動してもらわないといけません」

「一緒に？」

三年女子が、ちらりと俺の方を見る。なんだよ。

「はい。だってその場で同じものを見ていないと、写真と文がばらばらになるでしょう。だから取材は一緒に行って下さい」

なにか言いたそうな三年女子。しかしその直後、他の三年の男子が手を挙げる。

「あ、俺は記事と写真一人でやるんで」

続けて、もう一人の三年男子が「僕も一人でやります」と宣言。お前ら、俺たちを見て「二人はめんどくせえ」と思ったんだろ。俺もだよ。

でも、なんかもう今さら感がハンパない。ここで断ったら三年女子を嫌がってるみたいだし（まあ、嫌がってるけど）、そもそもの原因は自分っていうか。

「じゃあ、そういうことでお願いしまーす」

それぞれの担当が決まったところで、今度は記事を決めることに。で、運動会とか面倒なのはやっぱ下級生。俺たちは単発で、夏休み中か夏休み直後くらいに終わるものをやるらしい。

黒板に書かれていたのは、登校日の風景、地元の花火大会、清掃工場のエコロジーフェスタ。

一番楽なのは登校日で、一番面倒なのは花火だろうな。人も多いし。そう思った瞬間、三年女子が声を上げる。

「あっ、花火大会！」

待て待て待て。

それを聞いた他の三年の奴らが、またここぞとばかりに乗っかる。

「じゃあ俺、登校日！」

「俺は清掃工場で」

「えっ？」

三年女子は、びっくりしたように二人を見る。

「私、そういうつもりで言ったんじゃ——」

時すでに遅し。進行役の二年女子は、黒板にそれぞれの担当を書き込んでしまっていた。

「今年は、すんなり決まってよかったです。ではみなさん、よろしくお願いします！」

ついてないの三乗。俺、なんか悪いことしたっけか。

＊

とりあえず、名前ぐらいは知っておかないと。

「一組の、井上竜太《りゅうた》」

俺が名乗ると、相手はきゅっと肩をすくめた。緊張してるんだろうか。

「あ、私は四組の村岡《むらおか》美咲。えっと、携帯のアドレス交換する？」

しないと、確かに不便かもしれない。そこでお互い紙に書いて、交換した。

「あのさ。さっき、ごめんね」

村岡美咲は、ぺこりと頭を下げる。

「——花火大会の発言？」

「そう。あれね、ただ『そっか、花火大会あるの忘れてた！』って声だったの。でもなんか、手を上げたみたいになっちゃって……」

「いいよ、別に」

俺だって似たような流れでここにいるわけだし。とはいえ、花火大会っていうのは、なあ。

「ホントごめんね」

言いながら、村岡美咲はあっと声を上げる。

「ねえ、もしかして井上くん、彼女とかいた？」

「はあっ⁉」

いきなり何をぶっこんでくんだよ。

「だってちょっと困った顔してたから。もう、一緒に行く相手が決まってるのかなって。そしたらやり方を考えないと」

「いねえし。つか、そっちはどうなんだよ」

「いないよ。かなしーほど」

けらけらと笑う村岡美咲を見て、俺はさらにどんよりとした気分になる。なんていうか、早とちりで口が軽そう。おしゃべりな女子のテンプレって感じで、俺の好みとは真逆。いや、好みとかいう以前に、うざそう。

見た目は、好みの端っこくらいには引っかかる。黒髪セミロングはいい感じだけど、他のパーツは全体的に子供っぽい。胸ナシ。身長ナシ。顔も子供っぽいけど、童顔とかそういうんじゃなくて、もう、ただの小学生みたいな。

でもまあいいか。花火大会の一日だけ、我慢すればいい話だし。

なんとなく、一緒に帰る流れになった。委員会の教室に荷物は持ってきてあったし、同じ出口に行くのにわざわざ避けるのもなんだかなって程度の。

「井上くんはさ、部活とかやってるの」

「いや。帰宅部」

「そっか。私も。やっぱ、家でダラダラするのがサイコーだよね」

ふーん。てっきり原宿《はらじゅく》とか行ってスイーツ食ってんのかと思った。

「マンガとかゲーム好き？　私はさ、最近『皆殺しレクイエム』ってマンガにハマってるんだー」

「え」

それって、グチャゲロのスプラッターコミックだろ。いや、俺も読んでるけど、マジか。

「お兄ちゃんが買ってるんだけどね、ついでに読みはじめたら面白くってさ。でも他に読んでる女子がいなくって」

「だろうな。あれは無理だろ。ホラーっていうか、ぶちまけてるし」

何気なくつぶやくと、村岡美咲が目を輝かせた。

「井上くん、読んでるんだ！」

「あ、うん――」

うざい。別に女子が苦手なわけじゃないけど、こういうぐいぐい来るタイプはちょっとなあ。

「やだ、同志発見！　ねえ、どの辺が好き？　私はさ、二番目のサバゲーのやつ」

「ああ、あれは面白かった。でも俺は、密室のやつかな」

適当に答える。マンガの話なら、間が持つし。

「あー、そっちもいいよね！　昔の映画でさ、ああいうのあったよね。ＳＦで、最後まで黒幕が出てこない系」

あれ。たぶん、それ俺も観てる。

「もしかして、正方形の部屋の」

「そうそう、素数が出てくるの。私、あれで初めて素数って知ったよ。今でもよくわかんないけど」

「俺も、よくわかんない」

下駄箱で靴を履きながら、ちらりと村岡美咲を見る。細い手足。ガキみたいな体型。でも楽しそうな横顔は、まあ悪くないんじゃないかと思った。

外に出て、わかれ道が来るまで適当に歩く。午後の道路は朝よりももわっと暑くて、またしてもうつむきがちになる。

「あっついね。今年は、猛暑だって言ってたっけ」

「気温もそうだけど、湿気がひどいな」

エアコンの効いた教室から出たとたん、目に太陽の光が刺さる。汗が流れる。暑さに顔をしかめていた村岡美咲は、不意に鞄《かばん》から大きめのハンカチを出した。と、それをひょいと頭に載せる。

「おい、なんだよそれ」

カッパかよ。と言いたいところを我慢した。

「えー？だって熱中症とか紫外線とか、嫌だなって」

布の下から、きょろりとこっちを見る姿。駄目だ。俺は「むはっ」と笑い声をもらしてしまう。

「なに笑ってんの」

「いや、えーと」

ものすごくものすごく良く言って、葉っぱの下のカエル。あと、あれだ、なんか被らされて困った犬。でもって、正直かつ悪く言えば、農作業中のおばさん。

初めて会った女子と歩くのは少し恥ずかしかったけど、一気に何かが崩れた。

「ごめん。でもちょっと、面白くて」

「あっそ」

村岡美咲はふんという顔をして、それでもハンカチを取ろうとはしなかった。

「ところで井上くん、写真得意なの？」

「うーん、まあ、それなりに」

「へえ、すごい。じゃあもしかして、大きなレンズのついたカメラとか持ってるわけ？」

一眼レフのことかな。

「いや、持ってない。フツーのデジカメだけ」

「もしかして写真習ってたとか？」

「ないね」

「そうなんだ――」

村岡美咲は、興味を失ったように軽くうなずく。

「つまり、ただの写真好きってこと？」

「そんなとこ」

写真が好きなのは、たぶん映画好きな父親の影響。ていうか、俺的に興味があるのは、道具とヒトの関係。『誰でも上手に』って機械を使っても、結果が同じにならない不思議。ことに写真は、その差が出やすいツールだ。

「そっちはどうなんだよ」

「え？」

「記事書くの、うまいんだろ」

「んー、うまいって言いきれないけど、本読むのは好きなんだ。で、文章書くのも好き」

見た目は、本とか読まなそうだけどな。

「どんな本読むの」

特に興味はなかったけど、流れで聞いてみる。すると村岡美咲は、「うーん」とつぶやきながら、口をへの字に曲げた。そしてさらに眉を寄せて、腕組みをする。

『ザ・苦悩』ってポーズだけど、頭にはハンカチが載ったまま。

(面白すぎんだろ)

俺が笑いをこらえていると、村岡美咲はぷはっと息を吐いた。

「あー、ダメだ。難しいね!」

「何が?」

「好きな本はいっぱいあるんだけど、どれから言ったらいいのか、決められないんだよ。どうしても『これを言ったらカッコいい』とか『ちょっとフツーじゃない』とか『あえて平凡で共通の話題』とか、ぐるぐるしちゃって」

「――正直者かよ」

そこ、フツーは言わねえだろ。

「あはは。正直者って、昔話じゃん」

そんなことを話しながら歩いていたら、コンビニが見えてきた。俺は急に腹がへっていたことを思い出し、あげチキを買おうと決意する。

「俺、ちょっとコンビニ寄って行くから」

店の前で村岡美咲と別れ、ペットボトルを片手にレジの列に並ぶ。

「次の方、こちらにどうぞー」

呼ばれた方を見て、俺は「やっぱりな」と思った。

貧乏神だ。

*

『貧乏神』というのは、このコンビニの店長らしいおっさんのあだ名だ。とはいっても、面と向かって言うようなもんじゃない。このあたりの子供が、陰でそう呼んでるだけ。

とにかく見た目が陰気で地味なおっさんなので、レジがそのおっさんに当たると一日ついてないとか、三回連続だとおこづかいが減るとか、そういう都市伝説みたいなネタにされている。明らかに嘘だろうとしか思えないけど、とりあえず俺もそれを聞いて育ってしまったので、なんとなく刷り込まれてる感はある。

ついてない一日の最後に貧乏神って、出来過ぎてんだろ。そう思いながらあげチキを頬張る。熱々で衣がカリカリしてて、しょっぱくて超うまい。けど、次のひと噛みで熱い汁がちゅっと目の方に飛んできた。

「うわっ」

思わず両手でブロックする。当然、持っていたものは地面に。

「なんなんだよ、もう！」

食べかけのあげチキを泣く泣くゴミ箱に捨て、俺はどん底の気分で家に帰った。

からあげだったらいいな。じゃなきゃとにかく肉の料理。祈るような気持ちでテーブルにつくと、母親が「はい」と肉の匂いのする大皿を持ってきた。

（やった！）

貧乏神の呪いを打ち破ってやったぜ。そう心の中でつぶやきながら、取り皿と箸をかまえる。と、皿の中身を見て俺は絶望する。

「肉じゃないのかよ……」

そのつぶやきに、母親がむっとしたような声で返した。

「何言ってんの。肉でしょ。鶏手羽の照り煮」

「手羽先は、肉じゃないだろ」

「肉よ。鶏なんだから」

違う。こんな食う場所のないものを、俺は肉とは認めない。これは、骨だ。ちょっとだけ肉のくっついた、ダシがらだ。

「肉が食いたかったー！」

声を上げると、頭をすぱんとはたかれる。

「ゆで卵まで入れたんだから、タンパク質は足りてんの。黙って食べなさい」

「あー、でも俺もりゅうに一票」

遅れて帰ってきた兄ちゃんが、皿にひょいと手を伸ばした。

「だって手羽先って、メシのおかずになんないんだよ。両手使わないと食べられないし」

ほら、いつメシを口に入れたらいいんだって。べたべたの両手を見せた兄ちゃんは、俺より強く母親にはたかれる。

「あんたは、まず手を洗って座りなさい！」

「えー」

「まったくもうあんたたち。毎日肉肉って。今月、食費がギリギリなのよ。あのね、手羽先は安くておいしい！　以上！」

母親の言葉に、兄ちゃんと俺は返す言葉もなくうなだれた。

だってさあ、肉、うまいよ。うまいものは、毎日食いたいよ。

やっぱ今日は、最高についてなかった。夏なのに。


ついてるついてないで言えば、どっちでもない。ごく普通の人生ってやつを送ってきた。けど、なんだか最近調子がおかしい。

「つか女子と二人で花火大会って、めっちゃついてるだろ！」

友達が俺の背中をばんばん叩く。

「ちょ、声がでかい。聞こえんだろ」

教室であたりを見回して、俺は声をひそめる。するともう一人の友達が、冷静に言った。

「いや、新聞委員ってのはついてないだろ。それに井上はその女子、別に好きじゃないわけだし」

「そうなんだよ。そもそも初対面だし」

「ふうん。でも可愛いんだろ？」

「え」

いや。ブスじゃない。でもここで「可愛い」っていうほどでもないし、言ったら誤解されるし、言わないと悪いような気もするし。

「あー……話しやすそうでは、あったかな」

「なんだそれ」

「まあ、委員の仕事に問題がなけりゃいいだろ」

そう言われて、ただうなずく。それはそうだ。やることに問題がなければ、どうってことはない。

「なんなら、現地で別行動すればお互い気楽なんじゃないか？」

そうか。そういう手もあったか。

「井上は写真だけ撮ってさ、後は俺たちと合流すればいいじゃん」

「だよな。そうするわ」

「えー？　俺はその子の友達とも合流したいんだけど」

女子グループと花火大会。それはかなりうっとりする響きで、俺も一瞬もってかれそうになる。でも頭の中に葉っぱの下のカエルが浮かんで、苦笑いした。カエルの友達って、どんなんだよ。

「無理だろ」

それに『皆殺しレクイエム』だぜ？

「なに笑ってんだよ」

やっぱ可愛いんじゃねえの？　詰め寄る友達に、俺は激しく否定する。

「いやもうさ、ぜんっぜんそういう感じじゃないって。そういうアニメとかマンガみたいな女子なんてさ」

「まあな。もしいたら、速攻有名になってるはずだもんな」

「でもさ、夢は見たいじゃん！」

あーあ、カノジョ欲しいなー。友達のつぶやきに、全員でうなずく。それはさあ、欲しくないやつなんていないって。

欲しいのはわかってる。けどそれって、一億円欲しいってのと同じレベルの話だ。ジンセイ的に、ないよりあった方がいいに決まってるじゃんってものの一つ。

だってカノジョは空から落っこちてきたりしないし、幼なじみはいないし、綺麗《きれい》な姉ちゃんもいない。クラスメートはマジでただのクラスメートだし、これといって仲のいい女子もいない。とどめに、帰宅部。

なんもない。良くも悪くも。

不思議なんだけど、そういう相手ってさ、どうやってわかるんだろう。

向こうから「好きです」って言ってくれるならともかく、こっちからそういう気持ちになるのって、「君じゃなきゃ」ってなるのって、どういう流れでそうなるのか、これっぽっちも想像がつかない。「キュン」とか「トクン」とか、風がざあっと吹いたり、まわりがキラキラ輝いたり、そういうのって、現実として本当にあるもんなのかな。

結局、アニメもマンガも誰かが作ったものだってわかってる。だとしたらそういうの、大げさに表現してるってこともあるんじゃないかな。

家に帰って、デジカメを引っ張りだす。カノジョ問題は置いといて、とりあえず取材の準備はしておかないと。

電源を入れて前のデータを見ると、猫とか犬の写真が結構入ってた。

(可愛い、っていうのはわかるんだけどな)

赤ちゃんとか、動物とか、ゆるキャラとか、そういうもの。生まれたてのヒヨコとか見ると「うわあ～」って思うし。それって、「キュン」に近かったりするんだろうか？

画面の中から、こっちを見返してくる猫。「あんた誰？」みたいな顔をしている。

次に画面を送ると、木漏れ日ごしの虹。緑の向こうに見えるのが綺麗で、撮ったんだっけ。

で、さらに送るとローストチキン。去年のクリスマスに初めて丸ごとを食べて、感動したから。てりってりの茶色で、かぶりつくとじゅわっと汁が出て、最高にうまかった。ああいうの、また食いたいな。

「ん？」と思ったのは、俺じゃない誰かが撮った写真。同じチキンを撮っているはずなのに、なんか違うのがわかる。たぶん兄ちゃん。母親はチキンだけ撮ったりしないし、父親だったらもっと周りのツリーとか入れて、構図に凝るだろう。

こういうのも、本当に不思議だ。同じものを見て同じボタンを押したのに、どうして「俺のじゃない」ってわかるんだろう。

「それが自分らしさとか個性ってやつだろう」

父親にそう言われて、言葉の上では納得した。でも、実感としては今ひとつ。結果が違うのはわかるんだけど、俺が知りたいのは「どうしてそうなるか」なんだよなあ。

そんなことをぼんやり考えていたら、メールの着信音が聞こえた。

『ねえ、取材の前に打ち合わせとかする？』

村岡美咲だった。

打ち合わせってことは、わざわざそのためだけに会うのか。微妙。

『してもいいけど、面倒ならメールですますとか？』

きっと向こうもそう思ってる。親切心のつもりでそう返すと、即行で返事が来た。

『面倒じゃないよ！　むしろメール打つのが面倒かも』

それもそうか。俺はカレンダーを見ながら、空いている日を打ち込む。場所は駅前の広場にしようかと思ったけど、友達に見られるとまたうるさいから花火大会をやる河原にした。それなら当日のルート確認もできるし、便利なはずだ。

（でも――）

そう言えば、女子と二人で待ち合わせるのって初めてだった。

＊

落ち着かない。

待ち合わせの日は明後日《あさって》だけど、なんとなくそわそわしてしまう。

別にどうとも思ってない女子だし、向こうだって普通だし。

そう思っているはずなのに、着ていくTシャツとか考えたりして。なんていうか、それこそ俺らしくない。いいじゃん。いつものTシャツで。

「りゅう」

声に振り向くと、部屋の入口に兄ちゃんが立ってた。

「新刊出たぞ。読むか」

手元には、『皆殺しレクイエム』。

「あ、サンキュー！」

「いやー、今回もスピード落ちなかったな。俺的にはニコチン風呂に笑ったわ。あんだけ煙草集めるのが大変だっての」

「なんだよそれ。てかさあ、読む前にネタバレする癖やめてくんない？」

「あーわりーわりー」

でも読み終わったらすぐ、誰かと語りたいじゃん？　そう言いながら、兄ちゃんは出ていった。

ちなみに、この気持ちはわかる。こういう続き物を読んだら、俺も「どうなるんだよ!?」って話したくなるし。

だからさっそく読んだ。

面白かった。でも今回、俺は兄ちゃんが笑ったところで笑えなかった。

『皆殺しレクイエム』はトンデモな復讐《ふくしゅう》がこれでもかと続くスプラッター漫画で、たまにギャグと捉えられるくらい振り切った話だ。

でもこの巻では、子供が煙草の吸い殻を口に入れてしまって死ぬ。まずここがリアルで笑えない。さらにその子の復讐のため、母親がニコチン風呂を作ろうと、ポイ捨てされた吸い殻を拾って歩くんだけど、そのシーンはもっと笑えない。町中どこにでも落ちてる吸い殻を見て、母親は笑うんだ。「材料がこんなに」って。で、次に泣く。

「こんなに、子供の死因が落ちてる」って。

（アイデアは笑えるけど、これを笑えるって言っちゃまずいだろ）

胸糞《むなくそ》悪い、って言葉はたぶんこういうときに使うんだろうな。

たぶん兄ちゃんだって、外じゃこんな感想は言わないだろう。それがわかってても、気分が重くなる。俺がマジメなのかな。それとも、兄ちゃんがおかしいのか。

今まで、こんな風に感想が違うことはなかった。殺人の理由がもっと馬鹿らしくて、復讐の方法はもっともっと馬鹿らしかったから。

（――兄ちゃんはきっと、今までと同じ気分で読んだだけだ）

でも、やっぱ俺は笑えない。つか、俺だけなのかな？

だからつい、携帯を手に取ってしまった。

『皆殺しの新刊読んだ？』

兄ちゃんと俺以外で、この漫画を読んでる奴。そいつの感想が聞きたくて。

『読んだよ～。でも今回はちょっと笑えないよね』

村岡美咲からのメールを見て、ちょっとほっとした。

『俺も』

そう送ったところで、いきなり恥ずかしくなった。なんだ俺。いきなり『俺も』って。馬鹿じゃね？　つか、いきなり友達気取りして、キモくね？

ああもう。『急に悪い』とか送らないと。慌てて返信の画面を開いたところで、また着信があった。

『お母さん、悲しかったよね。子供が死ぬのもやだし』

だよな。まんま俺の気持ち。

『でもさ、悪い大人だと笑えるのって、ひどいかな』

文章の最後には、苦笑いの絵文字。はは。そこは俺、考えてなかったな。

今度はゆっくり考えて、送る。

『ひどいけどわかる。わかりすぎる』

すぐに返事。

『明後日もっとゆっくり話そーね。この漫画語れる人っていないから、楽しみ！』

ウィンクの絵文字。

えっと、俺は何をしたかったんだっけ？

＊

鏡を見るのは二回までって決めた。でないと家族に、なんか言われそうだから。

「りゅう、今日の予定は？」

朝飯の席で母親に聞かれて、俺はごく自然に答える。

「学校の委員会の集まりに行ってくる」

嘘じゃない。まったくもって嘘はついてない。

「ああそう」

ほら。気づかれない。Tシャツだって別に新品じゃないし。まあ、一応首回りが伸びてないかはチェックしたけど。あとでこの上に半袖《はんそで》シャツ着るけど。

「委員って、何の委員だ？」

父親がたずねてくる。つっこむなよ。

「新聞。だから紙面の打ち合わせをしなきゃいけないんだよ」

「へえ。お前も取材とかすんの？」

兄ちゃん、そのへんでこの話題からそれたいんだけど。

「うん、まあね」

「何の取材？　手伝ってやろうか？」

だからさー。

「色々。でも大丈夫だよ。委員はいっぱいいるから」

すると父親が思い出したように言う。

「写真も撮るだろ？　カメラは家族用のデジカメでいいのか？」

「うん」

「いい画素数の、出してやろうか」

あ、これは嬉しいかも。

「重くない？」

「いつものよりは重いけど、そこまでじゃないぞ」

ちょっと待ってな。父親はテーブルから離れると、カメラを持って戻ってきた。

「ほらこれ。首かけストラップも付いてるから」

ハンディサイズだけど、重みがある。いかにもいいカメラって感じ。

「壊したらやばいな」

「気にするな。学校のことに使うなら、怒らないよ」

うーん。嘘じゃない。でも。

「何を撮るかによるんじゃね？　りゅう、何の取材するんだよ」

だから、もうつっこむなって。

「あー……たぶんだけど、花火大会の担当になりそう」

「なら、いいカメラがいいじゃん。花火とか夜だし」

「だな。これを持ってきなさい」

ずしり、ってほどじゃない。でもちょっとだけ、なくしたり壊したりしたらやばいなって思うくらいの重さ。任されて嬉しいけど、実際は困るような。

ホント、調子が狂う。

待ち合わせは三時過ぎ。カメラと携帯を持って、河原に向かう。目印は、花火大会の日に入口になる道。

(わかるかな)

よく考えたら、村岡美咲と会うのはこれが二回目。しかも私服って、難易度が高すぎる気がしてきた。

目をこらすと、そこに女子が立ってた。他に人がいないから、たぶん間違いない。ジーンズっぽい短パンと、Ｔシャツみたいなのを着てる。

(スカート、はいてないんだ)

意味がわからないけど、ほっとした気分で声をかける。

「あ、井上くん」

こっちを向いた村岡美咲は、学校で会ったときと同じ髪型で、顔も化粧とかで変わってなくて、そこでも俺はほっとする。

とりあえず、当日のコースを歩いてみることにする。河原の土手から、川べりのグラウンドを経て公園まで。俺は要所要所で写真の下撮りをしながら。村岡美咲は、周囲の状況を見ながら。

「そういえばさ、『皆殺しレクイエム』だけど」

「ああ、あれ悪い。急にメールして」

ようやく言えた。

「いいよ、私だって語りたいの溜めてきたからね！」

その代わり、黒いこと言っちゃうよ〜？　村岡美咲の言葉に、俺はどきりとする。

この巻は同じ意見だったけど、他のところで兄ちゃんみたいなことになったら。

でも結果、そんな問題はなかった。村岡美咲の言う「黒いこと」は自分のやってみたい復讐で、しかもそれは相手の名前でピザを百枚注文するというレベルだったから。

「つかさあ、それ相手が食わなきゃ成立しなくね？」

「うーん、まあそうなんだけどね。でもお財布的には大打撃じゃない？」

「かもだけど、そういうのってなんか防ぐ方法ありそう。ピザ屋っていたずら電話多そうだし、最近だとネット注文もあってそういうのありがちだし」

「今日も暑いねー」

「だな」

「そっか。じゃあおそばとか」

「だからなんでデリバリー系なんだよ」

思わず噴き出すと、村岡美咲は「うーん」と首をひねった。

そんな話をしながら歩いていると、グラウンド横に差しかかった。そこには当日設置予定のフェンスが、横倒しで置いてある。

「これさ、花火大会のたびに曲がるって知ってた？」

「え？　どういう意味？」

「人混みの圧力がすごくて、人の体重とかで曲がるんだよ。だから毎年、新品になる」

俺がフェンスを指さすと、村岡美咲はうへえという表情を浮かべる。

「事故とか起きそうだね」

「何年か前に一回、将棋倒しがあったとは聞いてるけど」

「それで改善されたのかな」

「まあ、警備員くらいは増えてるんじゃないかな。去年は無事故だったし」

無事故だったけど、うちは家族全員がはぐれたんだっけ。俺は去年の花火大会を思い出す。俺たちは、うっかり者かよ。

「そうなんだ。井上くん、詳しいね。一緒に担当になれてよかった」

「うちね、昔は家から花火が見えたの。だから会場にはほとんど来たことがなくって」

一緒になれてよかった。っておい、深い意味なんてないから。

「え？」

「へえ。いい場所にあるんだな」

もしやセレブ的な家とか。そうからかうと、村岡美咲は手をひらひらと振る。

「そんなわけないじゃん。フツーもフツー。むしろ古くてボロい家だから、他の家が建って花火が見えなくなったの」

「そうなのか」

「今じゃ音しか聞こえないよ。前は花火大会の日はバーベキューとかしてたんだけど、それもしなくなったし」

それだって狭い庭の、焼き鳥や焼きそばバーベキューだからね？　村岡美咲は念を押すように言う。

「そしたら王子様も来なくなって――」

「王子様？」

思わず聞き返すと、村岡美咲は慌てたように口をつぐむ。

「あ、やだ。忘れて」

「なんだよ、王子様って」

ファンタジー的なものだとは、俺だって思ってない。でも、ちょっと気になった。ほんの好奇心。それだけだった。なのに。

村岡美咲は、真っ赤になって下を向いた。


「え……」

どうしよう。頭に浮かんだのは、そのひと言だった。だってこれ、絶対泣く直前のやつだろ。やばい。俺、泣かせた？

直射日光が痛いくらいの河原の道。そのど真ん中で、立ち止まったまま下を向いた女子。俺、どうすればいい？　何を言えばいい？

「あ、えーと、その」

混乱したまま声をかけると、村岡美咲はぱっと顔を上げた。

泣いてない。よかった。

「ごめんね、急に立ち止まっちゃって」

「あ、いや」

再び歩き出した村岡美咲は、すっと俺の前に出た。表情は、見えない。

「――昔さ。小学生の頃、憧れてた人がいたんだ」

　ああ、そういう話か。でもなんで今？

「お兄ちゃんの塾友でね、花火大会の日だけうちに来て、一緒にバーベキューやってたんだ」

「ふうん」

　Tシャツ、袖と下の方から、レースみたいなのが見えてる。こういうの、重ね着って言うんだっけ。

「でもうちから花火が見えなくなっちゃったから、来なくなっちゃって。お兄ちゃんと喧嘩したのが先かもだけど、とにかくうちには来なくなっちゃった」

「そうなんだ」

　グラウンドから公園に差しかかる。

「でさ、なんで王子様って呼んでたかっていうとね。その人、初めてうちに来たときに、花束持ってきたんだ。それも、すっごい可愛い花束。丈が短くて、ミニブーケっていうのかな。お花も、カーネーションとかありきたりの感じじゃなかった。それと、クッキー。それを両手に持って、玄関に立ってたの」

　なんだそのすかした感じ。俺は軽く口を歪《ゆが》める。男の友達んち行くのに、花束持ってくなんて、むしろキモいだろ。

「私がドアを開けて。そしたらその人『今日はお招きありがとう』って言いながら花束をくれたの。『これ、お土産です』って」

「──王子様っぽいな」

少女漫画のさ。

「でしょ？」

それ以来、村岡美咲は年に一度の花火大会を楽しみにしてきた。たった一日、王子様と過ごすその日を。

「兄ちゃんに聞いたりしないわけ。ケンカしてても、家とかアドレスくらい教えてくれるだろ」

「だよね。私もそう思うんだけど、なんかね。聞けないんだよね。その人が来なくなる前、お兄ちゃんもちょっとピリピリしてたりしたから」

「ふうん」

村岡美咲は川べりに近づくと、ゆるやかな流れを覗き込んだ。

「──ここに、花火が映ったりするのかな」

「どうだろう。流れがあるから、鏡みたいにはならないんじゃないか」

でもそれはそれで、綺麗かもしれない。一応、写真を撮っておく。そのとき、急にあたりがふっと暗くなった。

「あれ？　空が」

村岡美咲の声につられて空を見上げると、真っ黒い雲が真上に迫ってきている。そして雲に連れられてきたのか、妙に涼しい風が腕のあたりを通り抜けた。

やばい。これは絶対来る。

「村岡。戻ろう」

俺の言葉に、村岡美咲はこくりとうなずく。

＊

早足で歩きはじめてからすぐに、音が追いかけてきた。腹に響く重低音は、花火の音とちょっと似てる。

「ここで落ちないでほしいね」

村岡美咲は不安そうにあたりを見回す。公園って名前はついてるけど、ツツジみたいな茂みがあるだけの河原。平らすぎて、やばい。

「とにかく土手の向こうまで行こう。そしたら家もあるし」

ゴロゴロという音が、間近に迫ってきた。

「あ」

ぽつり、と最初の一粒を頬に感じる。そしてすぐに、ざあっと落ちてきた。

「うわ」

俺はとっさにカメラをシャツの中に入れる。これは、濡らしたらまずい。

「走ろう！」

土手は見えていても、案外距離がある。雨に濡れながらたどり着いたところで、視界にフラッシュが焚《た》かれた。そして背後に大きな衝撃。

がらがらどしゃん。工事現場の事故みたいな音をたてて雷が落ちた。マジでシャレにならない感じ。

「井上くん……あそこ！」

土手を下るとまず道路があって、その向かいは住宅街になってる。村岡美咲は、その中でも軒下の大きそうなアパートを指さした。

屋根の下に入って一息つくと、雨と雷はさらに激しさを増してくる。

「危なかったね」

隣に立った村岡美咲は、ハンカチで顔や腕を拭《ふ》いていた。あんまり見ないようにしたけど、視界の端で見てしまう。びしょぬれのTシャツは重ね着のおかげか、透けたりしてなかった。よかった。

女子と二人で雨宿りなんて、これ以上ないくらいにマンガ的シチュエーション。なのに、俺の腹はそのストーリーをあっけなくぶった切る。

(——腹減った)

　昼飯はちゃんと食べてきた。けどおやつの時間を過ぎた今、俺の身体は燃料不足を訴えてる。ポケットを探ってみても、ガムの一つも出てこない。

(こんなときに限って、なんも持ってないし)

　がっくりとうなだれる俺を、村岡美咲が不思議そうに見つめる。

「井上くん、具合でも悪いの」

「いや。ただ腹が減っただけだよ。昼のおかずが、腹にたまらないものだったから」

「何食べてきたの？」

「魚の煮付けと、そうめん」

　こってり煮付けた魚の、甘辛い煮汁にそうめんを入れて食べる、郷土料理っぽい夏の定番。母親はそこに、野菜が足りないと言って茹でた青菜を突っ込みまくる。

「おいしそう」

「うん。味はうまいよ。でも腹ごたえがないっていうか」

あっという間に腹が減るんだよ。魚と野菜だからかな。

「そういえばこの間も、手羽先がおかずに出てさ。マジ困った」

「そう？　私、手羽先って大好き」

大好き。うん。手羽先がな。

「うちのお母さん、しょっちゅう手羽先でスープを作るの。ネギとショウガと椎茸《しいたけ》が入ってて、中華風」

ああ、スープならありだな。やっぱ手羽先はダシがらだ。

「お兄ちゃんはそれにラーメンの麵入れて食べてるけど、私はダシが出切ってとろとろになった手羽先が好き。スープ皿から取り出して、ちょっとお塩かお醬油《しょうゆ》かけて食べると、すっごくおいしいんだよ」

「へえ……」

それはちょっと、うまそうだな。想像したら、余計に腹が減った。

（貧乏神んとこ、近かったよな）

雨がやんだらあそこに寄って、あげチキを買おう。まだ当日の待ち合わせ時間も決めてないし、一緒にジュース飲んでもいいし。そう思って、俺は村岡美咲の方を向いた。

「あのさ――」

向かなきゃ良かった。

「ん？」

Tシャツは透けてないけど、身体にぺったり張りついてる。その、胸のあたりとか、体型っていうか形がわかるのが。

「井上くん、どうしたの？」

俺は慌てて目をそらす。耳や頬に、がっと血が上ってて熱い。

「なんでもない。じゃなくて村岡」

「なに？」

「雨がやんだら――」

言っている最中に、大きいのが落ちた。

「つきあってほしいんだけど」

どがしゃん、ばりばり。轟音《ごうおん》の中で、村岡美咲は目をぱっちりと見開いている。まずい。

絶対今、真ん中のとこ、聞こえてなかっただろ。

「雨がやんだら、あそこのコンビニまで、つきあってほしいんだけど」

＊

そんなつもりじゃなかった。ていうか、そういう発言じゃなかったから。つか、会って二回目で告るとかないし。

(――おかしいってわかるよな)

期待をこめて村岡美咲の方を見ると、今度はあっちが耳まで真っ赤になっていた。

(え)

マジか。俺は誤解を解こうとして、ぐっと口ごもる。だってこれ、「そうじゃない」って言うの、なんか悪くね？　「お前なんか好きじゃない」って、あえて言わなきゃいけないのかな。

(コンビニだよ、って言えば通じるとか)

ぐるぐる考えている俺と、真っ赤なままの村岡美咲。目の前にはカーテンみたいなどしゃぶり。二人きりで閉じ込められたっぽい感じが、余計に焦る。

「――いいよ」

すっごい小さい声だった。なのになぜだか、はっきり聞こえた。

「つきあってもいいよ。井上くんとなら」

俺は、思わず正面から村岡美咲の顔を見た。

雨がやみかけてきたところで、道路に出る。雨雲の端から、光が戻ってきた。

「私ね、誰かとつきあうの、初めてなんだ」

ウソだろ。ガキっぽいけど結構可愛いし、話もしやすい。クラスメートでいたら、きっとモテるはずだ。

「じゃあ、なんで」

「井上くんって、フツーでいいなって思ったから」

雨上がりの道路に、光が反射する。空気が、またもわっと熱くなってくる。

「なんだよそれ」

「だってさ、いるじゃん。意味もなく恥ずかしがったり、カッコつけて上から目線な態度とる男子。そういうヒトだと、やりにくいから。だから、フツーがいいなあって思ってた」

「ああ……」

「あとね、『皆殺しレクイエム』の感想。あれ、楽しかったって言われてたら、たぶん私、引いてたよ」

俺もだ。

「つきあうとか、まだよくわからないし慣れてないんだけど、それでもいいかな」

そう聞かれて、俺はただ首を縦に動かした。この状況で否定できる奴がいたら、すごい。俺には無理だ。

コンビニのレジは、今度は貧乏神じゃなくて背の低いおっさんだった。

「さっき、すごい雨と雷だったねえ」

そう話しかけられて、「はあ」と返す。

「まあ雨降って地固まるっていうしね」

ピンとこない格言だったけど、おっさんは一人で満足気にうなずいていた。俺はあげチキの他にジュースを二本買うと、一本を村岡美咲に差し出す。

「……ありがと」

にっこり笑った顔がなんだかさっきよりも可愛くて、どきりとする。今の俺の目は、カメラだ。村岡美咲を、すごく可愛く撮れる。

*

調子が狂ったままの夏。あっという間に花火大会の当日がやってきた。

村岡美咲とは、あの日から会っていない。向こうが家族旅行に出かけたり、こっちに用事があったりで都合がつかなかったのだ。

『じゃあ明日《あした》、六時にあの土手の前でね』

メール確認してから、俺は父親のカメラをバッグに入れる。今日は新聞委員の取材であることを、忘れちゃいけない。

　待ち合わせの場所へ向かいながら、ぼんやり考える。まだ間に合うかもしれない。

(あれは、間違いだった)

　ただの聞き間違い。そんなつもりはないのにつきあうなんて、逆に失礼なんじゃないだろうか。

(もちろん、嫌いなわけじゃない)

　ただ、本当に好きかと聞かれたら、正直よくわからない。どきどきはしたし、可愛いとも思ったけど、それはあのシチュエーションにやられたんじゃないかって思う。

　川に近づくにつれ、どんどん人が多くなる。

(見つかるかな)

　わからなかったら、携帯にかければいいか。そう思って土手の前に着くと、あのアパートの前に村岡美咲が立っていた。

　人混みの中にいるのに、そこに向かって目と気持ちが一直線に飛んで行く。すると、目に見えない鳥に気づいたように村岡美咲が顔を上げた。こっちを見る。鳥が、俺のところにも羽ばたいてくる。

　それに導かれるように、まっすぐ近寄った。

「――久しぶり」

　反則だ。俺は村岡美咲を見て思う。浴衣なんて。髪を上げてるなんて。うっすら唇が紅《あか》いなんて。

「すごい人で、びっくり。去年もこんな感じだったの」

　ふっと横を向くと、うなじが見えた。目が、吸い寄せられる。

「——王子様じゃないけど」

「え？」

「俺は、王子様じゃないけど。でも、人混みくらいは守れるから」

　反則に負けた。もう、どうにでもなれ。俺は、手を差し出す。それを見た村岡美咲は、驚いたように固まっている。

　超恥ずかしい。ていうかこういうの、もしかして早かったのか。これで嫌われてふられるとか、あるんだろうか。ぐるぐる考えていると、手の上に羽根のような指がふわりととまった。

「……りゅうくん、って呼んでいいかな」

　あの日から今まで、家でこっそり呼んでたんだ。恥ずかしそうにうつむく姿を見て、俺の中の鳥が狂ったように羽ばたく。

「いいよ」

　俺の声はいつもよりずっと低くて、かすれてる。その声で、君を呼ぶ。

「美咲」

夏が来た。

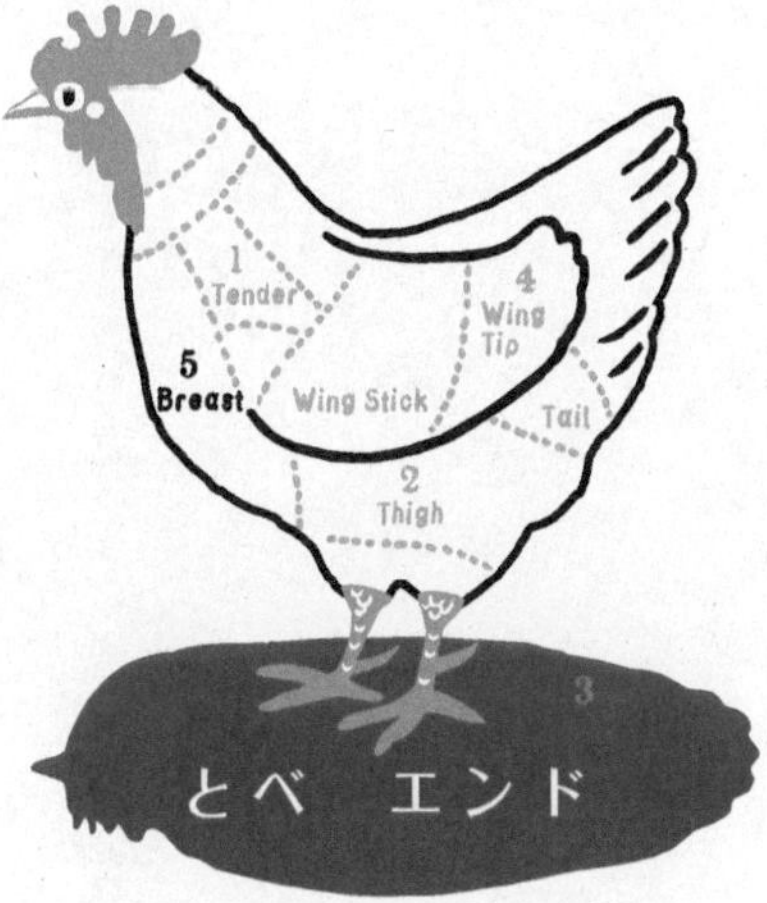
1
Tender
4
Wing
Tip
5
Breast
Wing Stick
Tail
2
Thigh
3
とべ　エンド

とびたいなんて、いつだって思ってる。

ごうっという音と共に、なまあたたかい風が顔に当たる。

また一つ見送ったんだな。そう思いながら、ぼんやりと次の地下鉄を待つ。

やがて目の前で開くドア。これはウェルカムじゃないし、ヘブンズドアでもない。

ただの自動的なサービス。そんなことは、わかってる。でもこうやって自分に言い聞かせておかないと、すぐに流されてしまう。

そう。僕が世界に受け入れてもらえるなんて、あり得ないんだから。

地下鉄の車内。午後三時。人は少ない。

絶妙な時間設定だよな、と今にして思う。

「ちょっと来てもらってもいいかな？　編集長から話があるって」

それで指定されたのは、午後一時。まずわかったのは、昼飯は食わせてもらえないんだなってこと。で、編集部の会議室。机に社員用の紙コップコーヒー置かれて、話は雑談含めても一時間。

「どうも。初めまして」

そういえば、編集長が代わってたんだっけ。名刺を差し出されて、へこへこと受け取る。

「『皆殺しレクイエム』、いつも楽しく拝読させていただいてます」

テンプレのコード進行。

「単行本も三巻までできて、世間的にもほどほど認知度が高まってきてますね。いいことです」

「――ありがとうございます」

正直、連載がもらえた時は奇跡だと思った。便所の落書きみたいな漫画を投稿して、声をかけてもらえただけで涙がでそうなくらい嬉しかったのに。

打ち切られずに続いたのも奇跡なら、一巻が出たのも奇跡だった。二巻では夢じゃないかと自分の頭を机に打ちつけてみたりもした。で、三巻。初めて周りの人に応えたいと思って、力を入れた。こんな僕の作品を応援してくれる人のために、なんとかしようって。なのに。

「ただ、申し訳ないんですけど。ちょっと今回、色んなトコから意見が来てて」

担当の編集さんが、紙の束を僕の前に置いた。ツイッターやまとめサイトの画面のプリントアウト。そこには『皆殺しレクイエム』三巻の感想がツイートされてる。

『ちょっと今回ワロエナイ』

『喫煙者にケンカ売ってる？』

『ママン哀れ』

『子供が死ぬのはルール違反。もう買わない』

『出版社のサイトに意見書き込んできました』

あーうん、知ってた知ってた。だって自分、ビビりだからすぐにエゴサかけるし。

でも、慣れてるから。もともと僕の漫画なんて、ゴア描写のファンでもってるようなもんだし。

「正直、『皆殺しレクイエム』に関しては、もともと賛否両論ともに多い漫画だったので、こういう声を今までは気にしていませんでした」

ですよね、と担当の編集さんが笑う。この人が僕の投稿作品を推《お》してくれたおかげで、今の僕がある。

「ただ」

「ただ？」

「この巻はちょっと、カラーが違うというか――いつもの戸《と》部《べ》先生のテイストとは違いますよね」

センセイって。何度聞いても慣れないし、なんなら笑う。僕が？　人の首飛んでる絵を一人でちまちま描いてるような僕が、センセイ？

つか、ペンネームの名字は普通っぽくしといてよかった。これ、前の編集長が言ってくれたんだっけ。ちなみに最初のペンネームは『飛べ線路』。

「『皆殺しレクイエム』で線路に飛べって、そのまますぎるんじゃない？」って言われて、『戸部エンド』に変更した。

あのままだったら、今頃郵便物とかが面白いことになってただろうな。なんて。

「作家さんにとって冒険することは重要だし、連載がマンネリ化することは避けたいと思われることでしょう」

「ああ、はい」

「けれど、今回の路線変更は、ちょっと——ひっかかる層が出てきてしまったわけです」

「ひっかかる層？」

編集長は、うーんとつぶやきながらいくつかのツイートを指さした。

「このあたり。具体的に言うと女性とか、子供の人権問題とか、そういうのに敏感な人たちですね」

「あー、めんどくさいんですよね。そういう人たちって」

担当の編集さんが、困ったように顔をしかめる。

「今までの『皆殺しレクイエム』は、ゴアギャグというか、ある意味爽快《そうかい》な復讐ものだったので、こういう意見は見られませんでした。ですが戸部先生が一歩踏み込んだ表現をし、かつ作品の知名度が上がってきていたため、目についたんでしょう」

「はあ……」

知名度なんて、これっぽっちも感じてないんだけど。

「これは単行本化にそのままゴーサインを出したこちらの責任でもあるのですが」

つか、よく考えたらこの本が出たのって、前の編集長の時だ。その尻拭《しりぬぐ》いをしなきゃいけないなんて、この人も大変だな。

「あの。つまり、どうすればいいんですか」

「大変申し上げにくいんですが」

もしかして、連載打ち切り？　背筋をぞわりとしたものが這《は》い上がる。まあ、別に元に戻るだけなんだけど。失うものなんて、これといってないし。

「その、次回の連載分からは元の路線に戻していただけないでしょうか」

「ああ、はい――」

ちょっと肩すかし。なんだ、それだけか。僕がうなずくと、担当の編集さんがにっこりと笑いかけてくる。

「戸部さん、がんばりましょう」

「え……」

「まあ、長い連載だしこういうこともありますって。めんどくさい人の対応は、こっちに任せて下さい。それに戸部さんはツイッターやブログをやってないから、不用意な発言が出なくてちょうどよかった」

「はあ……」

これはなんの茶番劇だろう。僕は担当の編集さんを、思わずじっと見つめた。だってあの話は、あんたがごり押ししたんじゃなかったっけ？

担当の編集さんは、ビルの入口まで送ってくれた。

「わざわざ来てもらって、ごめんね。戸部くん」

「いえ……」

本当にそう思ってたら、あんな態度はとらないだろう。僕は、彼のさわやかな笑顔をぼうっと見る。社会人。会社員。スーツじゃないけど、清潔でちゃんと見える服。無造作っぽいけど作り込んである髪型。伸びた背筋。

吐き気がする。

でも、この人の方が正しいんだろう。見た目がそう言ってる。

「編集長は、なんか上の人から言われたみたいなんだよね」

「はあ」

「俺は電話でもいいんじゃないかって言ったんだけど、こういうことは顔を合わせてしないと、誤解を生みやすいからって聞かなくってさ」

「そうですか」

僕は入館証を受付に返し、ぺこりと頭を下げる。担当の足はそこでぴたりと止まった。外に出る気はないらしい。つまり、打ち合わせという名のお茶もなし。ディスペンサーのコーヒー一杯。それが編集部での僕の立ち位置ってわけ。

「次はいつものスカッとするやつ、頼むね」

確か学生時代は運動部だって聞いたような。生きてきた道が違う。

とぼとぼと駅への道を歩きはじめる。そんな僕を、同じ出版社のビルから出てきたハイヤーがするりと追い抜いてゆく。きっと有名な、本当の意味での「先生」が乗ってるんだろう。

そんなこんなで、三時の地下鉄に乗ってる。一人で。

＊

　昔から人間関係が得意じゃなくて、人類死ね死ねマンだった。

　家族に（たぶん）そんなに問題はないし、壮絶ないじめとかにあったわけでもない。

　でもなぜだか人づきあいが苦手で、どうしようもなかった。

　どうでもいいことで死ぬほど絶望する。優しい嘘でも許せない。うわべだけの言葉に、素直にうなずくことができない。それだけで、社会生活は驚くほど困難になる。

　親はアスペルガーとか発達障害を疑ったみたいで、小さい頃はよくそういう系の病院や相談所に連れて行かれた。でも、なんも出なかった。つまり、なんの言いわけもなし。

「病気だからしょうがない」

　って思いたかった。親も、自分も。

　なのに、なんにもなし。

　一応、高校まではなんとか行ったけど、大学や就職は無理だった。

　頭ではわかってる。みんなが思ったことをそのまま口に出してたら、世の中は回らない。でも実際に目の前に立った人が、すらりと嘘をつくことにどうしても耐えられなかった。

　なんで平気な顔で嘘がつけるんだ。

　僕は嘘をついてもいい人間だと思われてるのか。

　その演技力はどこで手に入れたんだよ。

　笑うな。

　そんな気持ちがぐるぐる渦を巻いて、僕は気分が悪くなる。そして貧血を起こしてしゃがみこみ、たまに吐く。我ながら面倒だなと思う。

「大丈夫。そんなの、誰にでもある気持ちだって」

　親もクラスメートも姉も先生も医者も、同じことを言った。

「わかるよ。私にもそういう時期があったから」

　これもまた、全員同じ。

　だから僕は、全員信じられなくなった。

　だってわかるわけない。人は全員違うし、あんたは僕じゃないんだからさ。

「わかる」っていうこと自体が、無理だってことをわかってほしい。

　そもそもの設定が間違ってるから、僕はみんなとうまくやれない。うまく生きられない。

車内を見渡すと、時間的に暇そうな人間が多い。

むすっとした顔で目を閉じてるじいさん。数人でお喋りしてるおばさんとかばあさん。子供を連れた母親らしき女。学生っぽいグループ。社会人っぽい奴らは、制服みたいに同じような色のスーツを着てる。

死ね死ね。

あ、一応子供はよけといて。

みんないなくなればいい。

じゃなくて、本当はわかってる。

僕が、とべばいいだけなんだって。

最寄り駅で地下鉄を降りて、背を丸めたまま階段を上る。その先に見えてる空はやけに青くてさわやかで、さらに気分を落ち込ませる。

通りに出ると、桜が咲いていた。

希望とか期待とか、新卒とか入学とか、そういう「なんかおめでとう」感がすごくて、あたりそうになる。

下を向いたまま歩く。この街はリア充が多くて、居場所がない。じゃあなんで引っ越さないのかと聞かれたら、それは僕がビビりだから。

　ここは、実家から二駅しか離れていない。土地勘があって、なにかあったら最悪歩いていける場所。そういうところを、僕は選んだ。

サブカルっぽい街に住めば、もっと楽になったのかもしれない。でも逆に、そこですら駄目だったら、もうどうしたらいいかわからない。そんな理由で、動けずにいる。リア充くさい住宅街のここに。

　スーパーはかろうじて息ができる。働いてる奴はほとんどパートかアルバイトで、あんまやる気がないから。手に取るのは、安い鶏ムネ肉。野菜は基本的にキャベツ、モヤシ、タマネギ、ジャガイモ、ニンジン。一年中、そればっか食べてる。料理が好きなわけじゃないけど、金がないからしょうがない。ここは1Kでも家賃がそこそこする地域だから、節約しないと。だったら安いとこに引っ越せば、ってまたどうどう巡りになる自分の問題点。

　家まであともうちょっとのところで、コンビニに入る。コンビニは大好きだ。つらい気持ちが続いたとき、深夜のコンビニでしか買い物できなかったことがある。スーパーよりやる気のない店員が、いっそ清々しくていい。

「いらっしゃいませー」

声に振り向くと、貧相な見た目のおっさんがレジに立っている。あだ名は『貧乏神』なのだと塾帰りの子供が話していたけど、本人はそれを知っているのかどうか。

「あげチキひとつください」

鶏肉を買ったのに、かぶせるようにチキンを買ってしまう。でもこれはしょうがない。貧乏神のおっさんは揚げ物名人なのだ。

店の前の駐車場で、熱々のチキンをかじる。かりかりした歯ごたえの後に、濃い味の汁がじゅわっと出てきた。うまい。どうやって作ってるのかわからないけど、うまい。

貧乏神のあげチキは、信頼に値する。

だからとぶのは、今じゃなくていい。

アパートに帰って、一息ついたところでムネ肉の処理をする。肉を包丁で切り開いて、砂糖と塩とコショウ。ざりざり揉み込んで、ジッパーつきの袋に入れる。ここまでの流れは、もう何も考えなくてもできるくらい身体に染み込んでる。

パソコンを立ち上げて、ネームの頁《ページ》を開く。次の締め切りは三週間後だから、早めに決めないと実働時間が取れない。人に会いたくないからネット経由で頼んでるアシスタントは、やっぱり早めに言わないとまずいし。

(前に戻せ、って言ってたよな)

じゃあいつものようにストレートな復讐もので、首や手や足が飛ぶ感じでいいんだな。

誰を殺そうか。

ぼんやりと考えながら、担当とのやりとりを思い出す。

「子供殺そうよ、子供」

駅前のドトールで、担当はそんな風に切り出した。

「え。でもそういうのって、後味悪いんじゃ」

僕は今まで、基本的に大人を殺してきた。一番若いのに高校生もいたけど、それはいじめの首謀者だったから読者から非難の声は上がらなかった。

「後味悪くしようよ。気持ちいいのはエンタメ、気持ち悪いのはブンガク。そろそろ『皆殺し』もそっち目指さない？」

「気持ち悪いのが文学、ですか」

「そうそう。それで漫画人賞とか狙おうよ。戸部くん、デビューも佳作だったでしょ。そろそろなんか貰いたいとこじゃない」

「いや、そういうのは、別に」

貰うなら、お金でいいんで。僕の言葉に、担当はふっと笑った。

「青いね」

なんとなく、自分の身体を見下ろす。グレーのパーカーを着ていた。

「でもそれが戸部くんの魅力でもあるんだろうな。色々狙ってないから」

「はあ」

ちょっと気持ち悪かった。そういう流れは、苦手だから。

「たださ、三巻にもなったら少しは方向性変えないと。飽きられちゃうよ」

その意見にだけは、うなずいた。でもそれが子供を殺すことで解決するのかどうかは、わからなかった。

「わかんないなら、やってみようよ。もしうまくいかなかったら、元に戻せばいいだけだし。それにそのことで連載終了、みたいには俺がさせないから」

そこまで言うなら。もともと自分の描くものに強いこだわりがあるわけでもないし、別にいいか。そう思って、担当の言うままに子供を殺した。その母親を、地面に這いつくばらせた。犯人を、リア充のイケメンにした。ついでに裸のシーンも増やせばと言われて、イケメンをニコチン風呂に入れたら、後から担当に「そっちの裸じゃないって」と笑われた。

初めて描いている画面なのに、誰かの絵をなぞっているようだった。

そこには快も不快もない。ただ、描くだけ。

それだけだった。

＊

そもそも、漫画を描きはじめたのは中学生の頃で、ひきこもりの暇つぶしというか、授業の時間つぶし的な感じがあった。絵はそこそこいけてると思ったけど、ストーリーがうまくできなくて、プロローグだけ描いては放置、というよくあるパターン。

でもそれも、高校を出る前あたりからやらなくなっていた。

これからどうするのか。就職か、進学か。手に職をつけるのか。そんなことを先生や親に繰り返し聞かれて、僕は行き詰まった。もともとどうにもなってないのに、どうするもこうするもなかったから。

気分が落ち込み、漫画もネットも見られなくなって、ただ寝ていた。寝ながら、四月五月が過ぎるのを待った。六月になって、父親が優しい顔で何かしてみたらどうだと言ったので、アルバイトを始めた。そしたらほんの少しお金が貰えたから、家を出ることにした。当然、敷金礼金引っ越し費用も親持ち。坊ちゃんとか甘えとか意味がないとか、そういうことを考える余裕はなかった。

とにかく、ひとりになりたかった。気づかわれないように気をつかうのに、僕はいいかげん疲れきっていたから。

とはいえ話はそんなにうまくいかない。

もともと人づきあいが下手だから、あっという間にアルバイトをクビになった。

当然、次のバイトも決まらない。貯金もないから、このままだとこの部屋を出なくちゃいけない。でも実家には、絶対に帰りたくない。

（もう、とんじゃおうか）

子供の頃からずっと居心地の悪い世界に生きてきて、いつかうまくいくだろうという希望が、燃え尽きそうになっていた。

仮面を張りつけた人の中にいるのはもう無理だ。

じっとしているのもつらかったので、ふらふらと出歩いては線路を見に行った。いつでもとべる。そう思うことでしか、その日を過ごすことができなかった。

そんなとき、僕はバキくんに会った。

高校を出て最初の夏だった。

ピンポンが鳴ったのでドアを開けると、そこにバキくんが立っていた。

「え」

「よう」

中学、高校と僕をいじめていた相手だった。

「あの」

お邪魔します、とか上がるぞ、とかなんにもなかった。バキくんはまるでここが自分ちのように、スニーカーを脱ぎ散らかす。

「なんでここが」

かろうじて言うと、バキくんは「はあ？」と顔を傾ける。

「お前んちに電話して聞いたに決まってんだろ」

そういえば僕は、いじめられていたことを家族には言っていなかった。

「すげえ嬉しそうに教えてくれたけど」

たぶん、あの子にも友達がいたんだ！　みたいなことなんじゃないか。ていうか電話する方もする方だ。

バキくんは狭い部屋の狭いベッドにどかりと腰を下ろす。高校時代は黒かった髪が金髪になっている。服は金色のロゴが入った黒いTシャツに、黒いハーフパンツ。部屋をぐるりと見回して、最後にぴたりと僕の方を見た。

「喉渇いた」

「え」

「相変わらず『え』しか言えねえのかよ。喉渇いたって言ってんだよ」

「ああ……」

冷蔵庫を開けても、そこには口をつけてしまったペットボトルのお茶しかない。困って奥の方を探ると、引っ越しの日に親が入れていったらしきボトルが出てくる。

「カルピスでいいかな」

「んだよそれ。ガキかよ」

いらないと言われなかったので、水道から直接水をコップに注ぎ、箸でぐるぐるかきまわした。

「ぬっる！　氷ねえのかよ」

「ないんだ。冷たい水もない」

クソみてえな部屋だな。そう言いながら、バキくんはカルピスを飲み干す。

何をしに来たんだろう。そう思っていると、バキくんはでろでろに伸びたリュックから『グラップラー刃牙《バキ》』を取り出して読みはじめる。彼のあだ名の元になった愛読書。常に持ち歩いてることから、陰では『聖書』とも呼ばれていた。

「え」

「だから、えじゃねえよ。なんか聞きたいことがあったら聞けっつの」

「その――目的は」

「鶏ハム」

「え」

　鶏ハム？

　突然すぎて、意味がわからなかった。

　鶏ハムは、鶏肉でできたハム。ていうか、ハムっぽい料理。ネットで有名だからその存在は知ってるけど、食べたことはない。

でもなんで今？　しかもネットとは縁の薄そうなバキくんが？

「わかんねえのかよ」

「ええと」

　固まったままの僕を見て、バキくんは盛大にため息をつく。

「お前が言ったんだろ。鶏ハム食わせるって」

「え」

　そんなこと言ったっけ。思わずつぶやくと、顔面が揺れた。バキくんが、殴ってきたのだ。一応気をつかったのか、全盛期の五割減といったパンチ。それでも、普通に痛い。

「俺が安くて腹一杯食える肉はないかって言ったら、お前が鶏ハムって答えたんだろ」

頭を振って、痛みを散らしながら記憶を探ると、なんとなくその場面がわかってきた。わりと最近。高校三年になってからのことだった気がする。

確かあれは、いつものようにバキくんが腹を空《す》かせて苛ついていた昼前の時間。

「肉が食いたい」と繰り返すバキくんは、空腹を紛らわす小道具として僕をいじっていた。

「お前オタクだろ。安くて食べ放題の焼肉屋とか知らねえのかよ」

厳密に言うと、僕はオタクじゃない。でもそういう返しをすると重いパンチが飛んでくることを知っていたから、黙っていた。

「調べろよ。ググれよ。オタクらしく、情報くらい出してみろよ」

そう言われても授業中だし。でもバキくんは諦めずに椅子の背中をがんがん蹴《け》飛《と》ばしてくるし。

僕は考えた末に、バキくんにこう答えた。

「安くて腹一杯食べるなら、安い肉を使った料理がいいんじゃないかな」

するとバキくんは、きょとんとした表情になった。店名じゃない提案をされたのが、意外だったのかもしれない。

「料理？」

「安い肉を買って自分で作れば、店より安い値段でたくさん食べられると思う」

僕は当時ネットで得た知識で、鶏ムネ肉を使った鶏ハムという簡単な料理があるのだとバキくんに説明した。

「だったら、お前が作ってこい」

「え？」

「簡単なんだろ。明日にでも作ってこいよ」

でも僕は料理したことがないし、そもそも母親や家族のいる台所に行くこと自体嫌だった。なので、必死に断った。当然、バキくんは怒った。すねを横蹴りされた。

「台所、勝手に使うと怒られるんだよ」

痛みにこらえながらそう言うと、さすがのバキくんも納得したのか鼻をふんと鳴らした。

「じゃあいつか、お前が一人暮らししたら作れよ。山盛りの鶏ハム。絶対だぞ」

「ああ、うん」

「作らなかったら、殺すからな」

で、こうしてここにいると。

殺されるんだろうか。

でも突然来られても材料がないし。ていうかそもそも材料を買う金がない。そう告げると、バキくんはパンツのポケットから何かを出して、僕に投げつけた。五百円玉だった。

「マジで安いなら、それで足りんだろ」

早く買ってこい。そう言われて、僕は子供のように硬貨を握りしめて家を出た。

*

暑い日だった。自分ひとりだったら、絶対外になんて出なかった。汗を流しながらスーパーへ着いたところで、部屋着のままだったことに気づいた。Tシャツと、起きたときからそのままのハーフパンツ。やっぱり夏で良かったのかもしれない。

肉の売り場で、鶏ムネ肉を探した。外国産なら四枚入って三百五十円。本当に安い。迷わず手に取ったところで、ふと不安になった。鶏ハムに、他に必要な材料があったりしないか。

僕はスマホを取り出して、鶏ハムのレシピを検索した。ハチミツか砂糖、塩、コショウ、あればハーブ。なくてもかまわない。チャックつきのビニール袋、ラップ。

ハチミツとハーブはないけど、ほかは家にありそうだった。そしてレジに並んでいる間、レシピを読んで僕は驚いた。

『砂糖と塩をすりこんだ後、冷蔵庫で半日から一晩寝かせる』

半日から一晩。

慌てて他のレシピを検索すると、数時間というものが見つかった。しかしそれを読むと今度は『三十分以上流水で塩抜き』してから『沸騰したお湯に肉を入れ、冷めるまで放置』と書いてある。

数時間＋三十分以上＋鍋一杯のお湯が冷めるまでの時間（しかも夏場）って、結局半日くらい時間がかかるんじゃないだろうか。

つまり、鶏ハムという料理は手間は少ないが時短じゃない。塩漬けからの塩抜きって漬け物的だし、ある意味スローフードだ。

（ネトめしの癖に）

『放っておけばできる』なんてワードにだまされた感がある。ファストフードでさえ待てないようなバキくんに、なんて言ったら殴られないのか。

殴られた。

全盛期の八割。けっこう痛い。

「んだよそれ。今腹減ってんのに」

だろうと思って、おつりで買った食パンを差し出してみた。

「はあ？」

「賞味期限ギリギリだから、割引になってて買えたんだ。とりあえず量があるし」

「このまま食えってのか」

それはやっぱりトースターで焼いて、と言いかけて気づく。バターもジャムもない。ていうか、トースターそのものがない。

「馬鹿かよ。缶詰とかねえのかよ」

なかった。そのかわり、レンジでパスタを作るとき用のパスタソースが出てきた。レトルトのミートソース。それをそのまま食パンにかけようとすると、今度は十の力で殴られた。痛すぎる。

「お前、マジで使えねえな」

バキくんは僕から食パンを奪うと、ガスの火をつける。そしてその辺に転がってたフォークにパンを刺して、直火でパンを炙った。

パンの焼けるいい匂いが、部屋に広がる。

「すごい」

火でパンを焼こうなんて、僕は考えたこともなかった。ていうかもし思いついたとしても、怖くてやらなかっただろう。

「ソース入れるやつ」

よこせ、と言われてあたりを見回した。皿を手渡そうとすると激しく睨みつけられたので、ラーメン丼に替えた。

「ホント使えねえ」

ベッドの前にある小さなテーブルに丼とパンを置き、バキくんはパンをミートソースにつけて食べはじめた。うまそうだった。じっと見ていると「食いたいのかよ」と聞かれた。

「うん」

「だったらパン焼いてこい」

あ、食べていいんだ。意外に感じながら、パンを手に取る。さっきバキくんはどんな風に刺してたっけ。思い出そうとしても、パンはくにゃりくにゃりとフォークから逃げてゆく。

とりあえず火をつけて、くにゃったパンをかざす。すると垂れ下がった端が焦げはじめて、慌てて裏返すとやっぱり同じところが下になってどんどん焦げてゆく。しょうがないので焦げたところを持とうとしたところで、焼けたフォークに指が当たる。

「あっつ!!」

フォークを取り落とし、パンが確実に炭化。

「お前は生で食えよ」

バキくんのうんざりしたような声に、僕はうなずく。

夏の午後。もっさりしたパンを甘酸っぱいソースにつけて食べた。

二枚ずつ食べてなんとなく満ち足りたところで、バキくんが「おい、順番違うだろ」と言った。

「え」

そうつぶやいた瞬間、正座の足を横から蹴られた。しびれ痛い。

「なんで肉の仕込みしないで、先に食うんだよ」

「あ、そうか」

僕は立ち上がると、冷蔵庫から鶏肉を出した。レシピには『厚い部分を開く』って書いてあったけど、うまく肉が切れない。百均で買った果物ナイフだから、まあしょうがないんだけど。

ていうかこんな『肉』って感じのやつ、触ったことなんかなかった。自分で買うのはたいていぺらぺらの薄切りや小間。だって安いし、切らずにそのまま使えるから。

ああ、皮。皮の感触キモい。キモいから捨てる。映画で生皮剝ぐのを見たことがあるけど、人間ってこれよりでかいわけだし、やってた奴尊敬する。黄色っぽい脂身も触りたくないし、なんか端から出てるスジみたいなものはなんだこれ。なんとなく厚さが均一に近づいたら、砂糖と塩とコショウ。レシピを検索すると、みんな結構その量が違う。多いと塩抜きをしなければいけないみたいだから、少なめでやることにする。

ところで『すりこむ』って、やったことがない。言葉は知ってるけど、動きとしては、つけてこすればいいんだろうか。

うわ。感触。

ぺたぺたした肉に、手のひらでじゃりじゃりと調味料をなすりつける。なんとなく全体がざらついたところで、ビニール袋につまんでいれた。これで半日から一晩。簡単レシピだと塩抜きははぶけるけど、寝かせる時間は変わりがなかった。

どうしよう。

流しの前でちらりと後ろを振り返ると、バキくんの姿がなかった。

「え？」

もう一度よく見ると、バキくんはいた。正確には、横になって視界から消えていた。

彼は、僕のベッドにがっつり横になって寝ていたのだ。

熟睡。

（のび太かよ）

短時間で深い眠りに入ったバキくんを見て、僕はほっとため息をつく。とりあえず、間を持たせる必要はなくなったわけだ。

暇だった。

バキくんが起きると面倒だから、音の出るものは使えない。一人暮らしだからイヤホンもないし、せめてネットでも見ようかと思ってノーパソを探したら、それはベッドの上、つまりバキくんの身体の下に敷かれてた。ならスマホで、と思ったら充電が残りちょっと。ケーブルを探したらこっちもノーパソと一緒に、バキくんの下に埋もれてた。

壊れたらどうしようという思いと、なんでこれで寝れてるんだという思い。最終的には起こして殴られるより、ノーパソの無事を祈るだけという結果に落ち着いた。

で、暇だった。

しばらくは、黙って座ってた。外はまだがんがんに暑くて明るくて、でも部屋の中はちょっと暗くてエアコンの音だけが聞こえる。少し眠い。

でも、ベッドはバキくんが使ってる。床にはものが散らかってるし、片付けてまで寝ようという気にもならない。

バキくんの聖書を読もうかとも思ったけど、リュックに触っただけで怒られそうなのでやめておく。

退屈だ。

なんとなくノートを開く。ペンを持つ。すると手が、自動的に動き出す。

慣れた時間だった。中学、高校、暇な時間はずっとこうして過ごしていたから。

いつものように物語のはじまりを描こうとしたところで、大きな音がした。びくりとして顔を上げると、バキくんが派手ないびきを立てていた。

人騒がせな奴。そう思って、出来心で主人公をバキくんっぽく描いてみた。

（脳ミソ筋肉で、暴力大好きで、ヒャッハー系かな）

バキくんはもともと、ジャイアン系のいじめをする奴だ。精神的暴力より、物理的暴力。陰口じゃなく、拳《こぶし》。そして「おれ」の快・不快が絶対的基準。

そいつが人を殺しまくる。棒とか石とか、馬鹿みたいに単純な武器で。

そしたらなぜか、いつもは行けないプロローグより先に進んだ。これといったストーリーがなかったせいかもしれない。

主人公は、何も考えずにただただ殺す。通りかかった男を。それを目撃した女を。警察官まで。

そいつは、棒で殴る。折れたら刺す。なくなったら石を拾う。叩きつける。飛び降りる。走る。食う。眠る。木の枝を折る。また殴りつける。素手でも殺す。どんどんやる。どこまでも行く。疲れを知らない。喋らない。

バキくんはまるで、殺人マシーンだった。

僕はそれをどこまでも追いかけた。どこまでも。

ミリペンのインクがなくなり、ボールペンに持ち替えた。それもなくなったから、どこかでもらったロゴ入りのペンで描いた。さらにそれのインクもなくなったので、最後は鉛筆で描いた。小学生の、落書きみたいだった。

やがて、手元が暗くなった。おかしいなと思ったら、日が暮れてきていた。電気をつけようかと思ったけど目と手が疲れていたので、そのまま机に突っ伏した。ちょっと休もう。

「おい」

声をかけられて、がばりと身を起こす。

「なに寝てんだよ」

「え?」

時計を見ると、夕方どころか七時過ぎだった。

「もう半日はたったんじゃね」

椅子で寝たせいで強ばった身体のまま、僕は冷蔵庫を開ける。肉は、見た目的にはなんの変化もない。

これを、沸騰したお湯に入れて、もう一回沸騰させる。

「で、このまま火を止めて、冷めるまで待つ」

「どんぐらいかかんだよ」

「今は夏だし――」

あと四十分ぐらいはかかるんじゃないかな。そう言うと、七割の力が飛んできた。そこそこ痛い。

「どんだけ待たせやがる」

僕だってレシピの時間は想定外だったし、第一急に来たのはそっちじゃないか。そう言いたかったけど、十の力は避けたかったので言わなかった。

バキくんは小さく舌打ちすると、でろでろのリュックから再び聖書を取り出した。けれど数ページめくったところで、不意に顔を上げる。

「そうだお前、あの続き描けよ」

「え？」

一瞬、本当に何を言っているのかわからなかった。

「だから、えじゃねえだろ。そこのノートに描いてあるマンガの続き。描いて読ませろよ」

「読んだの!?」

びっくりして、つい大きな声を出してしまう。

「いちいち反応がトロくせえな。読んだから、続きが気になってんだろ」

「いや、その、えっと――」

自分によく似た主人公が殺人マシーンなんだけど、そこは放置でいいんだろうか。

「早く描け」

「あ」

座っている足を横から蹴られて、僕はバランスを崩す。ななめの女座りみたいになった僕を見て、バキくんはゲラゲラ笑った。

「お前さあ、何をどうやってもそうなるのな。リアルのび太」

そっちこそ三秒で寝るのび太のくせに。

なんだか締め切りギリギリの漫画家みたいだった。

背後に怖い顔をしたバキくんが立ってて、三分に一度「まだかよ」って聞いてくる。

そんなに早く描けないと言うと、容赦なく背中を蹴る。

だから、気をつかう暇なんてなかった。

主人公の顔はずっとバキくんのままで、ひどい行いもそのまま。展開が進んだところで反撃されて死にかけたり、他の登場人物から「人としておかしい」とか「お前が死ね」とか言われたりした。でも、バキくんはそれについては何も突っ込んでこなかった。ただ、「先を読ませろ」とせかした。

そしたらなんと、完結した。これには僕が一番びっくりした。

これまでの人生で、僕はマンガを最後まで描き切ったことなんて一度もなかったのだ。

「ふうん」

短くなった鉛筆を持って呆然《ぼうぜん》とする僕の後ろで、バキくんがラストシーンを見つめている。

主人公は片腕と片目を失い、足を引きずっている。けれど残った一つだけの目は爛々《らんらん》と輝き、次の獲物を求めて歩き出していた。

「――死ななかったな」

僕がぽつりとつぶやくと、バキくんが「そうだな」と答えた。

「こいつは死ぬようなやつじゃねえ」

「うん」

なんだか不思議と穏やかな瞬間だった。僕とバキくんの意見が合うことなんて、百回生まれ変わってもあり得ないと思っていたのに。

しかしバキくんは、返す刀でこう言った。

「じゃあ続編を描け」

いやいやいやいや。

＊

マンガを描いているうちに肉が冷めたので、それを理由にノートを閉じた。

ビニール袋から取り出した鶏肉は、こころなしか手触りがしっとりしている。

（これが、ハム――？）

ハムっぽくならないだろうというのは、素材の時点でわかってはいた。けど実物を目の前にすると、これは単なる蒸し鶏ってやつなんじゃないかと思った。

首をひねりながら、適当な大きさに切り分ける。包丁がなまくらなせいで端っこがぼろぼろ崩れたけど、遠目に見れば料理っぽく見える。

「なんか、ただの肉だな」

「――肉だから」

そう答えると、三割の力で肩パンをくらった。そしてバキくんは、肉のひと切れにぶすりとフォークを突き立てる。それを、ひとくちで食べた。

子供みたいにほっぺたをぱんぱんに膨らませて、バキくんは鶏ハムを食べる。もしゃもしゃ食べる。もがもが食べる。片手で飲み物を要求する。

再びぬるいカルピスを作って出すと、ナチュラルに蹴られた。「冷やす時間はあっただろうが」と言われて初めて、鶏肉だけじゃなく水も冷やしておけばよかったのだとわかる。

あっという間に、一枚目のムネ肉が消えた。

「うまい」

そう言いながら、バキくんは二枚目にとりかかる。それをぼんやり見ていたら、呆れたように「お前も食えよ」と言われた。

で、食べた。すげーうまい。

肉と砂糖と塩コショウだけなのに、なんだこれ。ハムじゃないけど、蒸し鶏でもない。塩味が中までしっかりついてて、家の料理じゃない味がする。

一枚を食べ終え、次に手を伸ばそうとしたら、ぎろりと睨まれた。手を引っ込めると、バキくんはフォークを片手に立ち上がる。

「マヨネーズ」

かろうじてあった。

「なんか野菜」

キャベツがちょっとあった。

バキくんは残った食パンにフォークを刺して炙ると、そこに鶏ハムと剝いたキャベツの葉をのせて、マヨネーズを絞り出す。そしてそれを二つ折りにして、かぶりつく。ざしゅっという音。再びぱんぱんになる、バキくんのほっぺた。ああ、食べ方が聖書のそれと同じだ。

訳・超うまそう。

見ると、残りのパンは一枚。食べたら怒られるかと思って手を出さないでいたら、バキくんはそれも炙って、やっぱり一人で食べた。そして僕に、キャベツの残りを指さす。野菜で包めということらしい。

キャベツの葉に鶏ハムをのっけて、マヨネーズを絞る。そしてまたキャベツで蓋。なんかこういうハンバーガーを出してる店があったような。ていうか、ヘルシー？

まあでも、うまかった。肉を塩抜きしてないから、野菜があった方がうまい。

ムネ肉四枚が消えたところで、バキくんは満足げな表情になった。

「確かに安くて腹一杯になったな」

「そうだね」

食後だし、コーヒーとか紅茶はないのかとバキくんが聞いてきた。そこで棚を探ると、ティーバッグが一個だけ出てきた。ファストフードでホットティーのＬを頼んだとき、二つついてきたやつだ。

僕も飲みたかったけど、ポットなんて持ってない。少し考えてから、鍋でお湯を沸かしてそこにティーバッグを放り込んだ。

牛乳も砂糖もない。煮出して苦くなった紅茶を、水道の水で薄めた。

「まっず」

同じ紅茶をすすりながら、僕はぼんやり考える。

「あのさ」

たぶん、何を言っても殴られる。なら何を聞いても同じだろう。

「なんで今日来たの」

「馬鹿か。言っただろ。鶏ハム食いにだよ」

「そうじゃなくて。なんで今日？」

するとバキくんは、いきなり立ち上がった。そして大きく深呼吸をしはじめる。

「――どうしたの」

たずねると、十回目の深呼吸でようやくバキくんはこっちを見た。

「とびたいと思った」

＊

すぐに意味はわからなかった。

もともと会話の先を読むことが得意じゃないし、バキくんも喋りがうまくはない。

「……借金とか？」

懸命に先を読んでみたら、十の力の拳がヒット。ちなみに右肩。

「痛いよ」

「人のこと馬鹿にすんな」

「『とぶ』って意味がわかんないから」

僕の言葉に、バキくんがため息をつく。

「そのまんまの意味だ。高いとこから、飛びたいって思った」

「高いとこってどこ？」

「幼稚園児かよ。お前、マジで一ミリも変わってねえな」

文句を言いながら、バキくんは今自分は鳶《とび》職についているのだと説明してくれた。

「ああ、建物の上ってこと」

「そうだ。ただ俺はまだ見習い。高所作業は十八歳以上からしか許可されてないから、登りはじめたばっか」

「へえ」

　進学じゃなく働いているのは、いかにもバキくんらしかった。ただ、鳶職って高校を出てすぐになれるものなんだろうか。

「実家が土木工事系なんだよ。社長は兄ちゃんが継いでるから、俺は好きにしていいって言われた。で、昔から俺を可愛がってくれたおっさんの弟子になったわけ」

「カッコいいね」

　本気でそう思った。でもバキくんはそうじゃなかったらしい。

「兄ちゃんと親父に反抗しただけだ。カッコよくなんかねえよ」

「ふうん。で、なんで飛びたかったの」

　三割の力で顔に掌底《しょうてい》。どうやら三割の力は、彼にとってつっこみに等しい。

「相変わらず空気読まねえな」

「うん。嘘が苦手なんだ。つけないしつかれたら最悪吐く」

「マジか。すげえな」

　バキくんが、心底驚いたような表情で僕を見る。

「ああ、だからお前、いい奴にも対応悪かったのか」

　いい奴、というのはたぶん僕のことを（表面上は）気にかけてくれた人のことだろう。

「感謝はしてるよ。でも、吐き気がしてたから」

「ひでえ」

バキくんはゲラゲラと笑った。そしてその後ふっと、真面目な声を出す。

「飛びたかったのに、理由なんてない。すげえ高いところに登ったときとか、ちんこのあたりがむずむずしたりするだろ。ああいう自然現象みたいなもんだ」

それって、崖《がけ》から下をのぞいたら吸い込まれそうになるあの感覚だ。

「そういうとき、プロはどうしてるの」

「先輩は、『怖さを失ったら落ちる』って言ってる。安心したら、逆に危ないって」

運転は慣れた頃が危ないとか、そういうのって本当なんだろうな。

「俺は今のとこ、そういうときは口の中を噛んでる。手を離すと危ないし」

「でもそれ、逆に口の中が気になって集中できなくなるんじゃ」

五割の力。でも平手なあたりがまた。

「そんなの、俺が一番わかってる。でもくやしいんだよ。ビクついてるのが」

それを聞いて、僕は初めてピンときた。なるほど。会話で察するってこういうことか。

「——鳥を食べたら、飛ぶのが怖くなくなるって考えた？」

十割の力が頬にヒット。僕は、先を読むことができたらしい。

バキくんはその後、「やっぱコーヒーが飲みたくなった」と言って部屋を出ていった。ほっとして片付けをしていたら、またもやピンポンが鳴る。

「飲めよ」

コンビニのアイスコーヒーを差し出された。泊まっていくのかと思って覚悟を決めたら、バキくんは立ったまま動かない。

「お前さ、マンガ描けよ」

「え？」

「だからその『え』やめろって。じゃなくて、早く続き描けよ。次来るときまでにできてなかったら、殺すからな」

吐き気はない。つまりバキくんの「殺す」は本当か、それに近い意味合いなんだろう。ホントに、マンガのキャラみたいだ。

「また来るんだ」

「続きが読みてえからな」

バキくんはでろでろのリュックを肩にかけると、じゃあなと言って帰った。

そして僕はドアに背を向け、デビュー作になる原稿を描きはじめた。

*

あの夏から数年。僕は馬鹿の一つ覚えみたいに人を殺すマンガばかり描いている。

パソコンの前で、次は誰を殺そうかとまだ考えていた。

『考えんな。手を動かせ。早く描かねえと、殺すぞ』

背後から、バキくんの声が聞こえる。

『てめえが死ぬ前に、殺したい奴を殺せ』

そうだ、考える必要なんてなかった。僕は迷わず、体育会系出身の編集者を殺した。

『殺される前に、やっちまえ』

編集部を襲撃して、編集長もろとも皆殺し。無造作風の髪の毛を無造作に掴んで、首を掻《か》き切れ。受付嬢も殺すし、ハイヤーをジャックして有名作家も殺す。それで連載を切られるなら、それはそれでいい。

もとから受け入れられていない世界だ。後のことなんて考えるな。

『俺を走らせろ。誰よりも速く！』

主人公のバキくんが高らかに叫ぶ。そして全部殺す。

聖書だけ残して、他のマンガは全部燃やす。小説も映画も全部燃やす。

文化阿《あ》鼻叫喚《びきょうかん》。同業者も敵に回して、一人でビルの屋上から聖書のページを撒き散らかす。

もはや高所は怖くない。バキくんの目には、鷹が宿っている。数十メートル離れた地上を這い回る奴らを捕《ほ》捉《そく》し、狩る。狩り続ける。

ネームがあの日のように進む。何かに取り憑《つ》かれたように、バキくんが駆ける。手足が飛ぶ。振り返らない。殺す。前へ進む。

とべ。エンドに向かって、飛ぶように走れ。

『戸部先生、ちょっといいですか』

ネームを送ったのは夜中。朝になったところで、編集長から直々に電話がかかってきた。

やっぱりそうなるよな。背筋を這い上ってくる、ぞくりとした感覚。僕は、早まってしまったんだろうか。

無意識に、口の中をぎゅっと噛む。

「――ダメでしたか」

『いえ。そういうわけではなくて。素晴らしいネームを頂戴したと思っています』

社交辞令を気持ち悪く感じないのは、電話だからだろうか。

「はあ」

『ちなみに彼は、会議で是非を問いたがっていましたけどね』

担当編集は、自分の首を切られて怒っていたようだ。それが普通の反応だと思う。

『けれど、私がそれを却下しました』

「はい？」

『本当に、素晴らしかった。戸部作品の持つパワーの原点を感じました』

「あの……」

『いちファンとして、心から楽しませていただきました。本当にありがとうございます』

わからない。自分が殺されるマンガを読んで、こんな感想が出てくるものだろうか。

「その——嫌じゃなかったんですか」

『ああ、モデルになった件ですか？　むしろ作中に出していただけて、光栄です』

そういうものでしょうか。僕がつぶやくと、編集長は小さく笑った。

『好きな映画なら、死体役で出ても光栄に思えませんか？』

なるほど。その考え方は理解できる。でも。

「でも……どこが面白かったんでしょう」

『わかりません』

「え？」

『理由なんかわからない。でも続きが読みたい。そして読んでいる間は、すべてを忘れて作品とともに駆けている。これは優れた作品に共通するひとつの条件だと思っています』

だからわかりません、と編集長は言った。

『私は、マンガ編集者として、その「わからない」の先にあるものを追いかけていきたい』

わからないの先には、きっと何かがあると思うのです、と。

*

電話を切った後、なんとなく外に出た。明るい春の日だった。

顔を上げはしない。でも下も向かない。いたたまれない桜の脇を通って、僕はあのコンビニへと向かう。

冷凍庫から氷入りのカップを取り出して、アイスコーヒーを注文した。レジを打っているのは貧乏神。そしてレジ脇のホットケースの中には、あげチキがある。

「追加で、あげチキも一つ下さい」

外に出て、コーヒーをすする。砂糖もミルクもなし。季節外れの冷たさに内臓が震えたところで、あげチキをかじる。かりっとしてじゅわっとして、いつものようにうまい。

歩きながら、桜のないところで顔を上げる。

遠くに、建設中のマンションが見える。

鳥のさえずりが、どこからともなく聞こえてきた。

僕はどうやって人と付き合ったらいいか今もわからないし、きっとこの先もうまくやることはできない。

そしてあれっきりバキくんは来ないし、正直もう二度と来なくていいと思ってる。

ただ、あのときからずっと、鶏ハムのもとが冷蔵庫に用意してある。彼がとびたくなったとき、いつでもそれを食べられるように。マンガの続編を読ませろと乗り込んできたときに、僕が殺されないように。

百回生まれ変わっても、僕と同じ意見には到達しないであろうバキくん。クラスで唯一、言葉にまったく嘘がなかったバキくん。

バキくんの言葉と貧乏神のあげチキは、今でも信頼に値する。

だからとぼう。この物語のエンドまで。
わからないの先を、見に行こう。

あとがき

なんと、二冊目が出てしまいました。豚に続いてのテーマは、鶏です。しかしテーマにしてみて感じたのは、鶏料理の幅広さです。刺身から揚げ物まで、料理のジャンルをほぼ網羅し、癖がないから取り合わせる野菜や食材も無限大。もうなんか、すごくないですか。

書きながら、一つだけ忘れたくないなと思っていたのは鶏が「羽を持つ生き物」であるということです。今は飛べないかもしれない。羽はむしられるのかもしれない。でもかつては飛ぶことができた羽の名残りが、そこには必ず存在している。そんなことを思いながら、書きました。

左記の方々に、心からの感謝を捧《ささ》げます。

連載担当の柘植学さんと、書籍化担当の深沢亜季子さん。お二人の生き生きとした感想に、とても励まされました。装幀《そうてい》に関する無理難題を快く受けて下さった石川絢士《いしかわけんじ》さん。様々な形でこの本に関わって下さったすべての方たち。私の家族と友人。そして最後に、この頁を読んでくれているあなたに。

あなたの羽は、今どうなっていますか。

坂木　司（酉《とり》年生まれ）

文庫版のためのあとがき

今、これを書いているのは二〇二〇年の五月。COVID-19で世界も日本も『Stay Home』な状況です。そんな中でも、鶏は私の味方でした。値段が安く食べでがあり、ラーメンのスープにもなれば簡易加工肉にもなる。そのフレキシブルな感じが、自由でとても好きです。将来、あなたがこのあとがきを読んで「この時期のこと」を思い出したとき、それが悪くない記憶になっていることを切に望みます。

左記の方々に、感謝と尊敬を。

わからないこと、変化することに対して素晴らしいアンサーを下さった池澤《いけざわ》春菜《はるな》さん。「今度の表紙はチキンバスケットで。しかもロシア民話風」という無茶ぶりに即座に対応して下さった石川絢士さん。出会って十年以上、ようやく一緒に本を作ることができた文庫担当の光森優子さん。制作や販売など、この本に関わってくださったすべての方々。私の家族と友人。そして今、このページを読んでくれているあなたに。

いつか羽ばたく、その日を楽しみにしています。
どうぞその日まで、お健やかに。

坂木　司（鶏《とり》ハムを仕込みつつ）

解説

池《いけ》澤《ざわ》 春《はる》菜《な》（声優、エッセイスト）

お肉を食べるって、イメージ的に明るくて、前向きで、エネルギッシュで、ワイルドで、とことんポジティブなものだと思ってました。仲良しで集まって大きな塊肉をわいわい切り分けて食べる、心と体のエネルギー回復のために炭火でジュウジュウ焼く、クリスマスに丸ごとのチキンをド〜ンと焼いてパーティする、厳しいワークアウトの後にニヒルにささみバーを齧《かじ》る、どれも〝リア充〟のお肉。

でも、この本に出てくるのは、非リアなお肉ばかり。食べる人たちはみんな、疲れていたり、行き詰まっていたり、鬱屈《うっくつ》していたり。そんな人たちが、食べるのはチキン・コルドン・ブルーでも、海南鶏飯《ハイナンジーファン》でも、アヒ・デ・ガジーナでもなく、コンビニのあげチキ、炭火焼風・もも焼き、ローストチキン、鶏手羽の照り煮に鶏ハム。つまり、普通の人たちが食べる、普通の鶏肉《とりにく》。

でも、なんだか、とても美味《おい》しそうなのです。

物語はゆるく繋《つな》がっていて、一話目でチラリと出てきた人物が次のお話で主役になり、また次のお話では思いがけない人にスポットライトが当たったり。前作『肉小説集』のハム君もちょっとだけ出てくる。

小学生から40代までの、様々な年代、境遇の男性たちが現状をぼやきながら、なんとなく口にする鶏肉。でも、そのなんとなくが、ちゃんと心のエネルギー源になっていく。疲れていても、行き詰まっていても、鬱屈していても、前に進まざるを得ない。日常を少しずつ良い方に向かわせるために。そういう時に人が口にするのは、特別な牛肉でも、ガツンとした豚肉でもなくて、安くて食べやすい、日常的な鶏肉なのかも。

坂木《さかき》さんは一人称のリアリティや、なんてことない会話のあるある感がものすごく上手《うま》い。きれい事や建前を取っ払った心の声が読んでる方にも刺さること。もしかしたら読む自分の立場が変わるごとに、共感する相手も変わってくるのかも。わたしは「トリとチキン」のハルのモヤモヤはわかっても、まだ「地鶏のひよこ」のお父さんの心情はわからなかった。でも、実際は親子もまた愛と憎のグラデーションで、家庭ごと、夫婦間でそのバランスは違う。親は子どもを無条件に愛するものだ、という建前があるからこそ、必要以上に歪《ゆが》んでしまうのかもしれない（それでも最後の二行にはちょっと泣きそうになりました。葛藤《かっとう》も、距離感も、諦《あきら》めも全部ひっくるめて、〝お父さん〟なんだと思う）。

「丸ごとコンビニエント」ならタカナくんの空っぽさに、「羽のある肉」なら美咲《みさき》ちゃんのもうちょっとで目覚める、でも直前で足踏みしちゃうリリカルさに共感する。だけどいつか貧乏神テンチョーや、バキくんの気持ちもわかるようになるのかもしれない。だって食べ物だって、年代や体調とともに好き嫌いだって変わるのだから。肯定するわけでも否定するわけでもない。誰もがきっと持っている普通の感情が、普通の生活の中で綴《つづ》られていく。その感情には、やっぱり一番鶏肉がしっくりくるのかも。

それに、鶏肉は実は凄《すご》いのだ。チキン、には腰抜けって意味もあるけれど、鶏だって戦う時は戦う。闘鶏だってある。鶏口となるも牛後となるなかれ。ブレーメンの音楽隊でだってちゃんと活躍した。子どもの頃よく行っていたミクロネシアの島では、立派に空を飛んでいた。世界中ほぼ全ての国で鶏は食べられている。豚肉よりも牛肉よりも生産量が多い。

当たり前だけど、実は凄い。一番身近にいて、なんてことなくて、でもいざという時に頼りになる、鶏肉みたいな人って、実は素敵じゃないですか？

で。

実は。

ここまで書いてきて、ものすごく今さらなのですが……わたし、この世で最も苦手な食べ物の一つが、鶏皮なのです。ぷよぷよした食感が苦手。密集ものに弱いので、あの見た目も駄目。鶏肌見て鳥肌立っちゃう。

　このままでは駄目だ、とある日一念発起して、食べられる鶏皮を探しました。そして見つけたのが、カウンターのみ、定員数名の小さな焼き鳥屋さん。ここ、予約はほぼ無理、常連さんが顔パスで入るようなお店。なので、一見《いちげん》さんにはものすご〜〜〜〜く敷居が高い。

　一計を案じました。

　できるだけ空いてそうな時間帯を見計らい、のれんを潜り、ニコッと笑って「ご無《ぶ》沙汰《さた》してます〜。急に来ちゃったけど、席空いてる?」と。大将、しばしわたしの顔を見る。やばいやばい、ばれた? たたき出される? と震え上がった次の瞬間、「おう、暫《しばら》く顔見せないからどうしてるかと思ったよ。そこ空いてるよ」と。作戦成功!!(倫理的には問題ありですが)「じゃあお任せで〜。あ、でも鶏皮入れてね」とこれまた常連っぽい感じで。

　念願の鶏皮は、カリカリムチムチ。今までわたしが苦手としていた鶏皮の嫌なところが、そのまま全て長所になってる……ナニコレ? 鶏皮に鳥肌を立てながら夢中でもぐもぐしていると、大将とお客さんの会話が。

「うちはブロイラーだよ、そこらへんの。大事なのは焼き方!!」

ほえええ、そうなんだ。良い材料使えばそのまま美味《おい》しくなるわけじゃないんですねぇ。つまり、素材を選んでも、わたしの腕では美味しく食べられるようになるわけではない、と。

ということで残念ながら、大将の神業によって焼き上げられた鶏皮以外はその後も苦手なまま。相変わらずのスキンレスチキンを齧りながら、世の中にはわたしの食べられる鶏皮もあったことを思い出しています。それってちょっとだけ、勇気づけられて、希望があって、わくわくしません?

とりあえず、コンビニにあげチキ買いに行こうかな。

本書は、二〇一七年十月に小社より刊行された単行本を文庫化したものです。
目次・扉デザイン　石川絢士（the GARDEN）

鶏《とり》小《しよう》説《せつ》集《しゆう》

坂《さか》木《き》 司《つかさ》

令和２年 ６月25日　初版発行
令和６年 11月30日　再版発行

発行者●山下直久

発行●株式会社KADOKAWA
〒102-8177　東京都千代田区富士見2-13-3
電話　0570-002-301（ナビダイヤル）

角川文庫 22210

印刷所●株式会社KADOKAWA
製本所●株式会社KADOKAWA

表紙画●和田三造

ISBN 978-4-04-109307-8　C0193

角川文庫発刊に際して

角川源義

第二次世界大戦の敗北は、軍事力の敗北であった以上に、私たちの若い文化力の敗退であった。私たちの文化が戦争に対して如何に無力であり、単なるあだ花に過ぎなかったかを、私たちは身を以て体験し痛感した。西洋近代文化の摂取にとって、明治以後八十年の歳月は決して短かすぎたとは言えない。にもかかわらず、近代文化の伝統を確立し、自由な批判と柔軟な良識に富む文化層として自らを形成することに私たちは失敗して来た。そしてこれは、各層への文化の普及滲透を任務とする出版人の責任でもあった。

一九四五年以来、私たちは再び振出しに戻り、第一歩から踏み出すことを余儀なくされた。これは大きな不幸ではあるが、反面、これまでの混沌・未熟・歪曲の中にあった我が国の文化に秩序と確たる基礎を齎らすためには絶好の機会でもある。角川書店は、このような祖国の文化的危機にあたり、微力をも顧みず再建の礎石たるべき抱負と決意とをもって出発したが、ここに創立以来の念願を果すべく角川文庫を発刊する。これまで刊行されたあらゆる全集叢書文庫類の長所と短所とを検討し、古今東西の不朽の典籍を、良心的編集のもとに、廉価に、そして書架にふさわしい美本として、多くのひとびとに提供しようとする。しかし私たちは徒らに百科全書的な知識のジレッタントを作ることを目的とせず、あくまで祖国の文化に秩序と再建への道を示し、この文庫を角川書店の栄ある事業として、今後永久に継続発展せしめ、学芸と教養との殿堂として大成せんことを期したい。多くの読書子の愛情ある忠言と支持とによって、この希望と抱負とを完遂せしめられんことを願う。

一九四九年五月三日

角川文庫ベストセラー

肉小説集　坂木　司

凡庸を嫌い、「上品」を好むデザイナーの僕。正反対な婚約者には、さらに強烈な父親がいて――。（「アメリカ人の王様」）不器用でままならない人生の瞬間を、肉の部位とそれぞれの料理で彩った短篇集。

ホテルジューシー　坂木　司

天下無敵のしっかり女子、ヒロちゃんが沖縄の超アバウトなゲストハウスにて繰り広げる奮闘と出会いと笑いと涙と、ちょっぴりドキドキの日々。南風が運ぶ大共感の日常ミステリ!!

大きな音が聞こえるか　坂木　司

退屈な毎日を持て余していた高1の泳は、終わらない波・ポロロッカの存在を知ってアマゾン行きを決める。たくさんの人や出来事に出会いぶつかりながら、泳は少しずつ成長していき……胸が熱くなる青春小説！

ダリの繭《まゆ》　有栖川有栖

サルバドール・ダリの心酔者の宝石チェーン社長が殺された。現代の繭とも言うべきフロートカプセルに隠された難解なダイイング・メッセージに挑むは推理作家・有栖川有栖と臨床犯罪学者・火村英生！

海のある奈良に死す　有栖川有栖

半年がかりの長編の見本を見るために珀友社へ出向いた推理作家・有栖川有栖は同業者の赤星と出会い、話に花を咲かせる。だが彼は〈海のある奈良へ〉と言い残し、福井の古都・小浜で死体で発見され……。

角川文庫ベストセラー

ユージニア　恩田　陸

あの夏、白い百日紅の記憶。死の使いは、静かに街を滅ぼした。旧家で起きた、大量毒殺事件。未解決となったあの事件、真相はいったいどこにあったのだろうか。数々の証言で浮かび上がる、犯人の像は——。

チョコレートコスモス　恩田　陸

無名劇団に現れた一人の少女。天性の勘で役を演じる飛鳥の才能は周囲を圧倒する。いっぽう若き女優響子は、とある舞台への出演を切望していた。開催された奇妙なオーディション、二つの才能がぶつかりあう!

メガロマニア　恩田　陸

いない。誰もいない。ここにはもう誰もいない。みんなどこかへ行ってしまった——。眼前の古代遺跡に失われた物語を見る作家。メキシコ、ペルー、遺跡を辿りながら、物語を夢想する、小説家の遺跡紀行。

夢違　恩田　陸

「何かが教室に侵入してきた」。小学校で頻発する、集団白昼夢。夢が記録されデータ化される時代、「夢判断」を手がける浩章のもとに、夢の解析依頼が入る。子供たちの悪夢は現実化するのか?

雪月花黙示録　恩田　陸

私たちの住む悠久のミヤコを何者かが狙っている……! 謎×学園×ハイパーアクション。恩田陸の魅力全開、ゴシック・ジャパンで展開する『夢違』『夜のピクニック』以上の玉手箱!!

角川文庫ベストセラー

私の家では何も起こらない　恩田　陸

小さな丘の上に建つ二階建ての古い家。家に刻印された人々の記憶が奏でる不穏な物語の数々。キッチンで殺し合った姉妹、少女の傍らで自殺した殺人鬼の美少年……そして驚愕のラスト！

幸福な遊戯　角田光代

ハルオと立人とわたし。恋人でもなく家族でもない者同士の共同生活は、奇妙に温かく幸せだった。しかし、やがてわたしたちはバラバラになってしまい――。瑞々しさ溢れる短編集。

ピンク・バス　角田光代

夫・タクジとの間に子を授かり浮かれるサエコの家に、タクジの姉・実夏子が突然訪れてくる。不審な行動を繰り返す実夏子。その言動に対して何も言わない夫に苛つき、サエコの心はかき乱されていく。

あしたはうんと遠くへいこう　角田光代

泉は、田舎の温泉町で生まれ育った女の子。東京の大学に出てきて、卒業して、働いて。今度こそ幸せになりたいと願い、さまざまな恋愛を繰り返しながら、少しずつ少しずつ明日を目指して歩いていく……。

愛がなんだ　角田光代

OLのテルコはマモちゃんにベタ惚れだ。彼から電話があれば仕事中に長電話、デートとなれば即退社。全てがマモちゃん最優先で会社もクビ寸前。濃密な筆致で綴られる、全力疾走片思い小説。

角川文庫ベストセラー

いつも旅のなか　角田光代

ロシアの国境で居丈高な巨人職員に怒鳴られながら激しい尿意に耐え、キューバでは命そのもののように人々にしみこんだ音楽とリズムに驚く。五感と思考をフル活動させ、世界中を歩き回る旅の記録。

恋をしよう。夢をみよう。旅にでよう。　角田光代

「褒め男」にくらっときたことありますか？　褒め方に下心がなく、しかし自分は特別だと錯覚させる。ついに遭遇した褒め男の言葉に私は……ゆるゆると語り合っているうちに元気になれる、傑作エッセイ集。

薄闇シルエット　角田光代

「結婚してやる」と恋人に得意げに言われ、ハナは反発する。結婚を「幸せ」と信じにくいが、自分なりの何かも見つからず、もう37歳。そんな自分に苛立ち、戸惑うが……ひたむきに生きる女性の心情を描く。

幾千の夜、昨日の月　角田光代

初めて足を踏み入れた異国の日暮れ、終電後恋人にひと目逢おうと飛ばすタクシー、消灯後の母の病室……夜は私に思い出させる。自分が何も持っていなくて、ひとりぼっちであることを。追憶の名随筆。

今日も一日きみを見てた　角田光代

最初は戸惑いながら、愛猫トトの行動のいちいちに目をみはり、感動し、次第にトトのいない生活なんて考えられなくなっていく著者。愛猫家必読の極上エッセイ。猫短篇小説とフルカラーの写真も多数収録！

角川文庫ベストセラー

八月の六日間　北村　薫

40歳目前、雑誌の副編集長をしているわたし。仕事はハードで、私生活も不調気味。そんな時、山の魅力に出会った。山の美しさ、恐ろしさ、人との一期一会を経て、わたしは「日常」と柔らかく和解していく――。

散りしかたみに　近藤史恵

歌舞伎座での公演中、芝居とは無関係の部分で必ず桜の花びらが散る。誰が、何のために、どうやってこの花びらを降らせているのか？　一枚の花びらから、梨園の中で隠されてきた哀しい事実が明らかになる――。

桜姫　近藤史恵

十五年前、大物歌舞伎役者の跡取り息子として将来を期待されていた少年・市村音也が幼くして死亡した。音也の妹の笙子は、自分が兄を殺したのではないかという誰にも言えない疑問を抱いて成長したが……。

ダークルーム　近藤史恵

立ちはだかる現実に絶望し、窮地に立たされた人間たちが取った異常な行動とは。日常に潜む狂気と、明かされる驚愕の真相。ベストセラー『サクリファイス』の著者が厳選して贈る、8つのミステリ集。

さいごの毛布　近藤史恵

年老いた犬を飼い主の代わりに看取る老犬ホームに勤めることになった智美。なにやら事情がありそうなオーナーと同僚、ホームの存続を脅かす事件の数々――。愛犬の終の棲家の平穏を守ることはできるのか？

角川文庫ベストセラー

角川文庫ベストセラー

漆黒の王子　初野　晴

歓楽街の下にあるという暗渠。ある日、怪我をした〈わたし〉は〈王子〉に助けられ、その世界へと連れられたが……眠ったまま死に至る奇妙な連続殺人事件。ふたつの世界で謎が交錯する超本格ミステリ！

退出ゲーム　初野　晴

廃部寸前の弱小吹奏楽部で、吹奏楽の甲子園「普門館」を目指す、幼なじみ同士のチカとハルタ。だが、さまざまな謎が持ち上がり……各界の絶賛を浴びた青春ミステリの決定版、〝ハルチカ〟シリーズ第1弾！

初恋ソムリエ　初野　晴

ワインにソムリエがいるように、初恋にもソムリエがいる?!　初恋の定義、そして恋のメカニズムとは……お馴染みハルタとチカの迷推理が冴える、大人気青春ミステリ第2弾！

空想オルガン　初野　晴

吹奏楽の〝甲子園〟——普門館を目指す穂村チカと上条ハルタ。弱小吹奏楽部で奮闘する彼らに、勝負の夏が訪れた!!　謎解きも盛りだくさんの、青春ミステリ決定版。ハルチカシリーズ第3弾！

千年ジュリエット　初野　晴

文化祭の季節がやってきた！　吹奏楽部の元気少女チカと、残念系美少年のハルタも準備に忙しい毎日。そんな中、変わった風貌の美女が高校に現れる。しかも、ハルタとチカの憧れの先生と親しげで……。

角川文庫ベストセラー

角川文庫ベストセラー

氷菓　米澤穂信

「何事にも積極的に関わらない」がモットーの折木奉太郎だったが、古典部の仲間に依頼され、日常に潜む不思議な謎を次々と解き明かしていくことに。角川学園小説大賞出身、期待の俊英、清冽なデビュー作！

愚者のエンドロール　米澤穂信

先輩に呼び出され、奉太郎は文化祭に出展する自主制作映画を見せられる。廃屋で起きたショッキングな殺人シーンで途切れたその映像に隠された真意とは!? 大人気青春ミステリ、〈古典部〉シリーズ第2弾！

クドリャフカの順番　米澤穂信

文化祭で奇妙な連続盗難事件が発生。盗まれたものは碁石、タロットカード、水鉄砲。古典部の知名度を上げようと盛り上がる仲間達に後押しされて、奉太郎はこの謎に挑むはめに。〈古典部〉シリーズ第3弾！

遠まわりする雛　米澤穂信

奉太郎は千反田えるの頼みで、祭事「生き雛」へ参加するが、連絡の手違いで祭りの開催が危ぶまれる事態に。その「手違い」が気になる千反田は奉太郎とともに真相を推理する。〈古典部〉シリーズ第4弾！

ふたりの距離の概算　米澤穂信

奉太郎たちの古典部に新入生・大日向が仮入部する。だが彼女は本入部直前、辞めると告げる。入部締切日のマラソン大会で、奉太郎は走りながら心変わりの真相を推理する！〈古典部〉シリーズ第5弾。